ことのは文庫

陰陽師と天狗眼

—巴市役所もののけトラブル係—

歌峰由子

MICRO MAGAZINE

目次

陰陽師と天狗眼

―巴市役所もののけトラブル係―

1．引っ越しにトラブルは付きもの

春。四月一日を控えた週末、街はささやかながらも、旅立つ者と訪《おとな》う者の交差に活気付いている。

そんな街の一画、単身者向けアパートの前に、呆然と立ち尽くす青年がいた。

宮澤美郷《みやざわみさと》、二十二歳。艶やかで癖のない黒髪を後頭部でひとつに束ね、細身のジーンズに暗色のショートトレンチを羽織っている。

すらりとした四肢に、育ちからくる品の良さ、人柄の良さが滲み出る整った顔立ちをしている。大都市からは遠く離れた田舎町では好奇の視線を集めるはずの長髪が、何の違和感もなく似合っている中性的な雰囲気の青年だ。

しかし、せっかく麗しく整った容貌を台無しにする間の抜けた表情で、美郷は棒立ちに突っ立っていた。

正しく、茫然自失。頭は真っ白、というやつである。

目の前では、引っ越してきたばかりらしき部屋の住人が、慌しく荷物の整理をしている。

そして背後には、自分の荷物が積まれた引越業者のトラック。

「…………え、どういう、こと……？」

眼前のその部屋は、確かに美郷が契約した、今日からの新居のはずである。彼はこの日、この部屋に引っ越してきた……はずだった。傍らのトラックから降りてきた引越業者のスタッフが、困惑交じりに彼の名を呼ぶ。

「宮澤さん、荷物の搬入どうします？」

「どうしたら……いいんでしょう、ねぇ」

反射的に思ったことを口にすると、困惑と呆れと苛立ちが混じったような溜息が返ってきた。今日は三月最後の週末。引越業者はどこも大忙しのかきいれ時だ。若さと体力が武器らしき若い男性スタッフも、気が立っているのだろう。

「とりあえず、契約した不動産屋に確認して来ますんで。もう三十分、ここで待っててもらえますか？」

忙しいのは美郷も同じである。彼は来週からこの街で働かなければならないのだ。今更、契約していたはずの新居が空いていないと言われても困る。今まで暮らしていた大学の寮も、高校卒業と同時に出た実家も県外で、とても通勤できる距離にはない。

ここは広島県巴《ともえ》市。中国山地に抱かれ、その名の如《ごと》く三つの川が巴を成すこの街は、古くから山陰と山陽を結ぶ交通の要衝として栄えた。川の交差する盆地に発展した旧巴市を中心とする、広島県北部の中心都市である。

彼、宮澤美郷は今年四月一日を以て巴市役所に採用された、新規採用職員だった。

中国山地のなだらかな山々から吹き降ろす北風が、まだ花芽も固い公園の桜の梢を揺らす。

春の風と言うにはあまりに冷たいそれにコートの襟を立て、美郷は深い溜息をついた。暖房の効いた不動産事務所で含み込んだ、暖かい空気が吹き飛ばされていく。もっとも、精神的には事務所の中にいた時から既に冷え切っているのだが。

契約したはずのアパートを管理する不動産屋に駆け込んだ美郷を待っていたのは、無残な現実だった。不動産屋の手違いで部屋がダブルブッキングされていたのだ。しかも、契約日も入居日も美郷の方が後で、逆立ちしても美郷がその部屋に入居することはできない状況である。

不動産屋の担当者も平謝りで代わりの物件を探してくれたのだが、大学や大きな企業のないこの街は、一人暮らし用の物件が乏しい。予算に見合う物件が全く見つからなかったため、諦めて他の不動産屋を当たりに事務所を出てきたのが約五分前、といったところである。

「……ひとつ確かなのは、どう頑張っても多分、おれは今日中に引っ越しはできないってことだよな……」

ああ、寒い。春先の気温が、実家と比べてそう低い土地ではないはずだが、今日はやたらに冷える気がする。——多分これは、心が寒いのだ。

不動産屋の差し向かいにあった人影のない公園で、ブランコの支柱に寄りかかってスマホを玩《もてあそ》んでいた美郷は天を仰ぐ。アパート前に待たせていた引越業者には、新居が決まるまで倉庫で荷物を預かってくれるよう電話をして、今日のところは引き取ってもらった。もちろん、追加料金発生である。

今夜の宿は最悪、乗ってきた自家用車で何とかなるが、流石に初出勤までには住居を定めたい。

「あー、どうなるんだろ、おれ」

住所不定は嫌だ。先程のアパートを転出先として、役所に届けは出した後である。というか、市役所職員が住所不定ではあまりにも格好がつかないだろう。そんな暗澹《あんたん》たる思いを抱えて、公園前に路駐していた車へ向かう。

公園を出て視線を巡らせると、折角だからとピカピカに磨いてきた軽自動車の傍らで、派手な格好の見知らぬ男が辺りを見回していた。美郷の足が凍りつく。

染めた、というより色を抜いた風情の明るい色の短髪は、固めてあるのか奔放に撥ねている。派手なオレンジ色のパーカと、腰穿《こしば》きにしたがぶがぶのカーゴパンツが非常に近寄りがたい雰囲気を醸していた。パーカからはみ出たシャツの裾下からは、ごついウォレットチェーンがじゃらじゃらと下がり、極めつけは耳に光るシルバーピアスと、薄く色の入ったサングラスだ。

都会の繁華街ならばともかく、高層ビルなど存在しないような長閑《のどか》な田舎町に立っていれば目立つこと甚だしい、一昔前の漫画に出てきそうなヤンキー様だ。そんな、生まれてこの方ナマで拝んだ記憶のない人種が、よりにもよって、自分の愛車の前に立っている。

(ちょ……！　なんでっ!?　今日のおれはそんなに運勢悪かったですかね!?)

思わず後ずさった美郷の足音が聞こえたのか、ヤンキー様がこちらを向いた。よう、とばかりに親しげに片手を挙げて、大股に歩み寄ってくる。隠れた目元と、口の端に浮かぶ笑みが怖い。こんな危なそうな人物と関わった覚えはないのだが、一体ナニが起きたのか。

内心パニックを起こしつつも一目散に逃げ出すことすらできず、美郷は目の前に立った相手をぽかんと見つめた。間近で相対してみると、身長も自分より目線ひとつ高い。

これはヤバいのではないか。内心青くなる美郷に、ヤンキー様は機嫌良さげに声をかけた。曰《いわ》く、

「お宅、住むところ無くて困ってるんだってな。良い物件をひとつ紹介してやれるんだが、聞く気はあるかい？」

金髪ピアスのその人物は、サングラスを外して狩野《かりの》怜路《りょうじ》と名乗った。歳はおそらく二十三、四だという。年齢がアバウトなのは幼い頃の記憶がなく、正確な生年月日を知らないからだそうだ。初対面であっけらかんと話された、現代の日常ではあまり聞けないエピソードに目を白黒させつつ、美郷は「ははあ」と曖昧に頷《うなず》く。

「なんだその顔、信じてねーだろ」

「いえ、そういうワケでは……」

パーカのポケットから煙草を取り出して一本銜《くわ》え、愉快そうに怜路が笑った。「喫うかい？」と煙草の紙箱を差し出され、いいえと首を振って美郷は一歩距離を置く。煙草の臭いが苦手なのだ。

どうやって逃げようかと思案しつつ、美郷は引きつった誤魔化し笑いを浮かべた。なにを理由に絡まれているのかすら分からない。

相手の表情を窺《うかが》おうと改めて視線を上げ、美郷はおや、と目を瞬いた。サングラスを外した怜路の双眸《そうぼう》は、不思議な色をしていたのだ。ライターに火を点けていた怜路も手元から目を上げ、ばちりと正面から視線が合う。

「目、不思議な色ですね」

怜路の目は、緑の虹彩に銀が差し込んだ明るい色をしていた。その鮮やかさに、ぽろりと感想がこぼれる。

身につけているファッションから考えればカラーコンタクトの可能性もあったが、真正面から見る双眸は、春の日差しを受けて透明に輝いていた。自分とは全く異なる美しい目の色に、美郷はサングラス姿を得心する。普通にしていては眩《まぶ》しいのかもしれない。

「まぁな。『天狗眼《てんぐがん》』つって……色々と余計なモンが視える。アンタ、なんか飼ってるだろ」

器用に片目を眇《すが》めて、怜路がにやりと口の端を上げた。いたずらっぽい口調の言葉に、どくりと大きく鼓動が鳴る。体を強張らせた美郷を面白そうに見遣《みや》り、煙草のフィルタを噛んだ怜路が歯を見せて笑った。

「髪型もアレだし、ご同業ならこの辺じゃ珍しいし、挨拶しとこうかと思ったが……そうビビんなよ、別にこの業界ならアリじゃねーの？」

俺の眼だって大概のモンよ、とサングラスを掛けなおし、怜路が紫煙を吹く。固まったままの美郷からまだ色の薄い青空へと視線を移して、「コイツ掛けてるとまあ、そういう色々を視なくて済むんでね」と怜路は肩を揺らした。

天気は良いが風が冷たい。ひとつ身震いした美郷に目を遣り、怜路が公園端の自販機を指差した。「座ってホットコーヒーでも」ということらしい。

「不動産屋のオヤジから聞いたぜ、災難だなぁ。まあ、ある意味『持ってる』っつーか。で、どうよ。俺らみてーな人種は部屋借りるのも一苦労だろ？　職業欄でまず弾《はじ》かれるじゃねーの」

「ちょっと待ってください」

怜路から無糖ブラックコーヒーを受け取った美郷は、甘ったるそうな濃厚ミルクカフェオレ片手に喋る怜路を遮った。缶コーヒーを持つ手は温かいが、安っぽいプラスチックのベンチが尻を冷やす。

「ん？」

「『俺らみたいな人種』って、誰のことですか」

職業欄で弾かれるなどと、聞き捨てならない。

「誰って、俺やオメーみてぇな……『拝み屋』だろ、アンタも。まあ『霊能師』でもいいけどよ。どっちにしろ世間的にゃ詐欺師かヤクザの類じゃねーか」

プルタブを引いた怜路が、ははんと笑ってカフェオレを喉に流し込んだ。たしかに世の中、「自称・霊能師」の自営業者などなかなか信用してもらえないだろう。しかし美郷は違う。

「……おれ、市役所の採用通知貰《もら》ってるんですけど」

この四月一日から、晴れて新規採用職員である。所属は総務部危機管理課、特殊自然災害係だ。

「へえ、市役所……そりゃまた…………はぁ!? 市役所ォ!?」

一度適当に受け流した怜路が、頓狂な声を上げて美郷に向き直った。

「その髪型でか!?」

一番痛い点を突かれ、ぐっ、と美郷は言葉に詰まった。社会人男性、しかも宮仕えをするような人間が、髪を背の半ばまで伸ばしていることは普通ありえない。

「こっ、これは術に必要なものですから!」

ひとつに束ねた黒髪を自分で引っ張って、美郷は反論する。なにも趣味で伸ばしているわけではない。その辺りは理解を得ての採用である。ただ、事情を知らない市民からの視線は覚悟しろ、とも言われていた。

「へえぇ。あー、そういや何かあるってな話は聞いたことあんな。ンたら災害とかって、ありゃマジだったんかい」

「特殊自然災害です。あと、おれは神職の資格も持ってます」

ついでに、美郷の肩書は強いて言うなら「民間陰陽師」だが、これは神道・密教・修験道・陰陽道など雑多に呪術を扱う、要するに呪術関係の何でも屋のことである。フィクションで持て囃《はや》される、平安絵巻のスーパーヒーローとはほぼ無関係の、霊能師やら拝み屋やらと大差ない称号なのでどうでもよい。

「そりゃまた、優秀なこって……ってことは、わざわざ公務員受験に巴に来たのかアンタ」

中国山地の老成した山々に抱かれて古代より栄えてきた巴市は、その歴史を多くの神々、怪異、もののけの類と共に歩んできた。今なおそれらが強い力を残す土地柄ゆえ、トラブルを防止・解決するための部署が市役所にあるのだ。

「まあ、そうですけど」

いわゆる、「公務員になりたくてやってきた」と思われるのは決まりが悪い。我が身の安定だけを求めて就職したように聞こえるからだ。――まあ、大体事実だが。

「へえ、大したもんだね。公職の呪術者なんざ滅多にあるもんじゃねぇし、倍率高かったんじゃねーの？」

その辺りは大して気にした様子もなく、怜路はけらけら笑って再び缶に口を付ける。

「五百倍だそうです」

「……マジで？」

しれっと答えた美郷に、カフェオレを飲み干した怜路が空き缶片手に固まる。多少、相手の失礼な先入観を払拭できたところで、ようやく美郷は己の缶を開けた。既にぬるくなった無糖ブラックを一口すする。缶のブラックは不味い。ただ、砂糖入りは更に苦手だ。美郷は甘いものが苦手なのである。

「で。せっかく引っ越してきたのに住む場所がなかったワケよ」

空き缶をくずかごに落とし、いかにも胡散臭《うさんくさ》い「拝み屋」の青年が意地悪くニヤリと笑う。美郷の張ったつまらない意地も見透かしている表情だった。

「まあ何にしろ御同業のよしみだ。今晩の宿に困ってんのは違ェねーんだろ？　今夜だけでもどうよ。そんで気に入りゃあ、引っ越しの荷を入れりゃいい」

「一体、なんでそこまで」

よし、決まり決まり、と美郷を促して公園を出ようとする金髪の後ろ頭に、つられて立ち上がった美郷は困惑の声をかけた。遠のきかけていたハイカットのバスケットシューズがざりりと砂を噛み、サングラスに陽光を弾かせた怜路が振り返る。

「あの不動産屋にゃ俺も世話になっててな。よく事故物件処理とかの仕事貰ってんのよ。……それに、アンタ面白そうだしな」

楽しそうに声を弾ませ、怜路が美郷の肩口を指差す。目元は見えないが、声音に他意はなさそうだ。もしそうなら、随分な酔狂だとも思うが。

「こっから車で二十分。ちょっと奥に入ってるが、車通勤なら問題になる距離じゃ無ェ。一戸建ての古い民家なんだが、改築済みの和洋二部屋の離れがあんだよ。和室は六畳、流し付きの洋間が八畳。風呂・トイレは大家と共用、ＩＨコンロ置けば自炊は離れだけで出来ンだろ。どっちかっつーと下宿になるが、光熱水費とネット代込みで月三万円。敷金・

礼金なし。大家は普段夜働いてっから門限とかは関係ねーが、一応離れに直接出入りできるぜ」

「はあ。大家さんはどんな方で――」

立て板に水の勢いで説明する怜路に、美郷は戸惑いながら尋ねた。

「俺」

「……はい？」

思わずぽかんと口を開けた美郷を見て、自称拝み屋のチンピラが己を指差し口の端を吊り上げた。

「だから、俺んちの離れはいかが？　って話」

「なっ……！　えっ、そんな……」

ついさっき知り合ったばかりの相手だ。突然離れを貸してやるなどと言われて、即座に有り難く頂戴できるような度胸は、美郷にはない。

「こんな田舎にそう何軒も不動産屋があると思ってんのか。べっつに、取って喰ったりしやしねーよ。お前が女なら話は別だったろうけどなァ。――言ったろ、ご同業のよしみだ。世の中持ちつ持たれつ、袖振り合うも他生の縁っつーだろ？」

ははあ、と思わず美郷は唸《うな》った。薄く色の入ったサングラスの下で、にんまりと天狗眼が細められる。まるで時代劇の人情もののようだ、と、美郷はどこか現実感のない台詞《せりふ》に困惑していた。

（なんなんだこの人……詐欺とか……いやでも何目的で？）

「なんでェビビりだな、五百倍突破のエリート公務員様のクセに」

意地の悪い表情と台詞に、煽られていると分かっていても負けん気が首をもたげた。

――通勤距離が長くなるのはいただけないが、額は破格だ。いい加減、芯まで冷えた身体もここを離れたがっている。

美郷もなんとか空けた缶を、くずかごに放り込んだ。春先の乾いた風が前髪を揺らす。

「……おれは、段ボールに入った子猫じゃないですよ」

「路頭に迷ってんのは同じだろーが」

負け惜しみのような台詞もあっはっは、と軽くあしらわれ、少々不満を抱きながらも美郷は怜路の後を追った。

結局、狩野怜路の家を内覧に行った美郷は、引越業者へ払う延長料金に負けて、翌日にはその離れに荷物を入れた。高校大学共に寮で過ごした美郷の荷物は元々少ない。月曜日の初出勤を前にどうにか室内を整えられた美郷は、夕食と風呂を済ませてほっと一息吐く。

怜路の家は本人の言ったとおり、巴市街地のある盆地からは車で二十分あまり山の中に入った場所にあった。

　大きな川沿いの平地から奥に入って、民家も田畑も見当たらぬ山深い道をしばらく走ると、再び少し開けた場所に出る。細い川の両脇になだらかな階段状に田圃《たんぼ》が広がり、山際には屋根に赤い石州瓦《せきしゅうがわら》を載せた民家が点在している、小さな小さな集落だ。

　十数軒の家があるこの集落に、現在住んでいるのは怜路だけだという。他の家は既に誰も帰る者のいない空家であったり、普段は家主不在で休日にのみ田畑を耕しに帰ってくる家だったりするようだ。いわゆる限界集落というやつだが、「自分のような身なりや職業の人間には住みやすい」と怜路は笑っていた。

　業者委託なり休日農業なりで稲作をしている家は多いようで、田植えに向けて耕された水田の様子は、ほぼ無人の集落とは思えない。人の気配はないのに荒廃もしていない、不思議な雰囲気の場所だった。

　その、静かな集落の奥まった高台にある、一際大きな屋敷に美郷は案内された。なんでも元はこの集落の庄屋屋敷だそうで、総二階の母屋は入母屋造《いりもやづくり》で、目にも鮮やかな赤土色の石州瓦が葺かれている。母屋の他にも納屋や二つの土蔵、美郷が下宿を決めた離れなど多くの別棟が敷地に配された、大きな邸宅だ。

　灯りも点けずに下宿する和室の内障子を開け、寝巻姿の美郷は離れの南側に造られた中庭を眺めていた。全面一枚ガラスの掃き出し窓なので、今は荒れ果てて闇に沈む、元々は趣深いであろう中庭が座ったまま見渡せる。時刻は午後九時をすこし回ったところ、やる事は済ませたがまだ少々寝るには早い、といった頃合いだ。

街の明かりも街路灯の光も届かない山奥の屋敷は、半端に腹を太らせた朧月《おぼろづき》の光に抱かれている。聞こえる物音も遠い小川のせせらぎと、ようやく起き出して来た蛙の僅かな声だけだ。まさか手に入るとは思ってても見なかった、闇と静寂の満ちた空間に美郷は目を細める。人の気配の遠さが心地良い。

「変わった人……というか、奇特な人というか……まあやっぱ変わり者だよな」

実は大家の狩野怜路も、昨年東京から巴市に引っ越してきたばかりだという。彼は拝み屋として依頼を受ける傍ら、市内の居酒屋でアルバイトをしていた。幸いにして詐欺の類ではなかったらしいが、夜間自分が出払ってしまうのに、会ってすぐの人間に家の鍵を渡してしまう感覚は美郷には理解できない。

独り言をこぼしながら眺める先では、小さな池の周りに常緑樹と山野草を配した中庭を、白い靄《もや》の塊がいくつも漂っている。山からこぼれ落ちて来た自然霊――いわゆる「もののけ」と呼ばれる類の何かだ。どうやら、池に引かれている山水と共に中庭へ流れ込むらしい。ここに泊まった一日目の夜は唖然《あぜん》としたものである。

怜路が越して来るまで、十年近く空家だったという屋敷の広い敷地は荒れており、怜路一人では到底太刀打ちできなかったそうだ。彼は母屋の台所と隣接する茶の間だけを使って生活しており、己の周囲を最低限だけを整えて、後は化け屋敷さながらのまま放置している。美郷が入居を決めた時、怜路は冗談か本気か分からない口調で、破格の家賃の代わりに敷地管理の手伝いをしろと言っていた。

（――ここで、生きていくんだ）

諸事情あって、美郷は高校卒業と同時に実家と縁を切っている。元々美郷は巴市とは縁もゆかりもなく、採用試験で初めてこの地を踏んだ。これから美郷は、全く見知らぬ土地で誰も旧知の人間がいない中、新生活をスタートさせる。

「とにかく、頑張らなくちゃ……！」

よし、と気合を入れて立ち上がる。寝支度を済ませてしまおうと動き始めた矢先、母屋の縁側の明かりが灯った。

狩野怜路は拝み屋である。昼夜問わず常にサングラスをかけているせいもあり、よく「けったいなナリをしている」と言われるが、それでも食うに困らない程度に稼げる腕もあると自負していた。拝み屋なぞどうせヤクザな商売なのだ、己のような人間がわざわざ取り繕うためだけに、窮屈な格好をする理由もない。

怜路がこの古民家に越してきたのはほんの一年と少しほど前で、今でも「この家に暮らしている」といった御大層な感覚はない。一部を間借りしているとか、棲《す》み付いているといった方が怜路の感覚に合っている。しかるによって、公園で呆然としていた宿無しの同業者に軒を貸そうと思ったのも「お前も寄ってけば？」程度の軽い気持ちだった。

（ま、打算が無ェわけじゃーねェけど）

パチリと大きな音を立ててスイッチを入れると、縁側に吊るされた白熱灯が点る。屋敷の玄関横から離れへと延びる板張りの縁側は、母屋の突き当たりで折れて中庭側に回りこんでいた。そこまで行けば新しい同居人の様子が窺えるはずだと、怜路は古びて虫穴のある床板を軋《きし》ませる。

屋敷の南側に三つも続く大きな客間を横切り、西の中庭に面した掃き出しのカーテンに手をかけた。日に焼けて褪《あ》せた薄っぺらいカーテンの向こうには、小さな池を中心とした藪《やぶ》のような中庭と、つい数日前まで閉め切られていた離れの濡《ぬ》れ縁が見えるはずだ。せっせと入れた荷物を解いていた下宿人は、どうにか人心地ついたであろうか。

（同業者だしな、流石にビビッて逃げたりはしねーだろ、ウン）

コツコツとガラス窓の足元を叩く小さな気配に、ぬるい笑いが漏れる。怜路が知人の伝《つ》手《て》で手に入れたここは、いわゆる「化け屋敷」だ。怜路が寝起きしている屋敷の東側は一応綺麗にしてあるが、どれだけ抜いても刈っても雑草は伸びるし、裏からは山水と共に無尽蔵にもののけが転がり落ちてくる。

最低限、空家の間に棲み付いていた厄介そうな大物は追い払ったが、いくら祓おうが滅そうがもののけを生み出す母体の山が、荒れ放題のまま家のすぐ背後にあるのだ。敷地全体を浄めるのは、とうの昔に諦めている。

カーテンを引くと、まず闇に沈んだ中庭が目に入った。

てっきり和室の明かりが灯っていると思っていたが、下宿人はもう寝てしまったのかと怜路は中庭の右手を見遣る。すると和室の内障子は開いたままで、暗い室内にぼうっと白い影が立っていた。思わず息を呑む。

（――ッくそ、まだあんなデカいの居やがったのか!?）

真っ白い着物姿の人影が、長い黒髪を垂らして俯《うつむ》いている。おおかた、離れに人の気配を感じて山からおどかしに下りて来たのだろう。いかに新入りが同業者といえど、あんなものに歓迎されたのでは出て行くかもしれないと、慌てて怜路は離れへ向かう。怜路の立っている廊下の奥に、離れへ出入りする引戸があった。

左手で引戸を力いっぱい開ける。右手は即座に妖魔を祓えるよう力を溜めていた。戸板が壁にぶつかる乱暴な音が響き渡る。

「臨兵闘者――」

「うわあああっ!?」

「皆陳……は？」

九字を切って追い払おうと、二指を立てた右手を振り上げた先。妖魔に狙いを定めたはずの場所に、慌てふためく下宿人が居た。

「ちょ、何ですかっ！　人に刀印《とういん》向けないでくださいよ!!」

「はァ!?　っつーか……ええ!?」

頭を庇《かば》うように両腕を上げたそれは、確かに怜路が招いた下宿人である。そういえば髪の長い男だった。だが、なにゆえ白い着物なぞ着ているのか。

唖然と突っ立った怜路の前で、そろそろと下宿人が腕を下ろす。淡い月光に浮かぶ白い襦袢《じゅばん》と白い肌、背の半ばまで届く癖のない黒髪、中性的で秀麗な面立ちまで含め、どれをとっても立派な「幽霊絵図」な新しい住人が、歯ブラシセットを片手に怜路の様子を窺っていた。

「おま……電気くらい点けろや……」

どうにか絞り出した忠告は、酷く間抜けに響いた。

「すみません……」

どういう事態か理解したらしい下宿人が、きまり悪そうに眉尻を下げる。「あの、この、寝巻は習慣で……」とむにゃむにゃ言い訳し始めた美青年のナイトウェアの趣味を、怜路がとやかく言う謂れもない。ただ、少しサングラスのずれた先で、乱れた寝巻の合わせの隙間を何かが蠢《うごめ》いた。

「別に何でもいいさ、邪魔したな」

諸々追い払うのに都合が良いかと拾ってみたが、逆にとんでもないものを家に入れてしまった気がしなくもない。

（ま、それもいいだろうよ）

少なくとも、ここに出る程度のもののけ相手にビビる人種ではなさそうだ。暮らすついでに、屋敷の西側を綺麗にしてくれれば文句はない。

「じゃーな、お休みィ」

まだ戸惑った様子の下宿人に背を向け、怜路はひらりと片手を振った。

2. 余所者と境界

市役所勤務初日は、新規採用職員十数名が会議室に集められて始まった。

辞令交付や市長の訓示、オリエンテーションが二日ほど続くというが、その中で美郷が一番困ったのは自己紹介である。

「危機管理課特殊自然災害係に配属されました、技術職員の宮澤美郷です」

技術職員は一定の技能知識と資格を有し、おのおのが専門とする分野の課に配属される。一般に馴染みがあるのは保育士や保健師、土木技術職員や水道技術職員であろうか。美郷の場合、求められたのは神職・僧侶の資格であり、呪術者としての技能と知識だ。

——だが、そんな自己紹介をできる空気では、ない。

(まさか……職員の中でも『特自災害《うちのかかり》』はロクに認知されてないなんて……)

結局それ以上の自己紹介を思い付かないまま、「よろしくお願いします」と小さく頭を下げて着席する。呪術者としてのプライドと共に手入れをしている長い髪も、今この時ばかりは隠してしまいたい。美郷はそう、内心頭を抱えていた。

遡《さかのぼ》ること十数分前。会議室へと行く前に人事係の職員に呼び出された美郷は、ほんの軽い口調で説明された。

『宮澤君の入る特自災害《とくじさいがい》は業務内容の説明が難しいけぇ、頑張ってね。もちろん僕ら総務部や、あと市長副市長も知っとってじゃけど、君んところはあんまり一般職員が行かんけえ、市役所ん中でも若い人らや、市外から就職してきた子なんかは知らんことが多いんよ。今年の新人さんはわりと市外の子が多いけえごめんね』

オリエンテーションの準備で慌ただしい採用担当職員は、それだけ言い置くと資料を印刷しに奥へ引っ込んでしまった。近くで作業をしていた別の職員に促され、不安ばかり抱えて美郷は五階会議室まで上がって来たのである。呼び出された分だけ遅れたため、美郷が入室した時には既に、残る全員の新入職員が着席した状態だった。

滑りの悪いアルミ戸を引くと、一斉に美郷に視線が集まった。幾人かがあからさまに不審げな顔をし、数名は一瞬で視線を逸《そ》らす。早々に厳しい現実を目の前にし、美郷はぐっと胃が硬くなるのを感じた。

座る場所を探して素早く視線を巡らせた端で、なんとなく見知った顔が、無遠慮に美郷を注視していた。さてどこで見た顔であろうかと、思わず美郷も相手の顔かたちを確かめる。

（あっ、もしかして広瀬か！）

美郷の高校時代の級友、広瀬孝之《ひろせたかゆき》で間違いあるまい。主に美郷の都合で卒業後の親交はなかったが、当時はクラスの中でも仲の良かった相手だ。心細い中で親しい相手を見つけ、美郷はぱっと視界が明るくなった気がした。あいにく彼の両隣は既に埋まっていたが、少しでも近くに行こうと美郷は足を踏み出す。

しかし美郷と視線がぶつかった途端、広瀬は居心地悪げに目を逸らした。驚いた美郷だったが、今更方向転換もできない。結局そのまま広瀬のななめ後ろに座ったものの、彼は俯きがちに顔を背け、間違っても話しかけられる雰囲気ではなかった。

見知らぬ相手ならばともかく、己の中で「友人」にカテゴライズしていた相手に目を背けられたのは、さすがにショックが大きかった。相手はいつもクラスの中心にいる気さくで明るい奴だったはずなのに。

そして結局、研修中の二日間、美郷は必要最低限以外、誰とも何の会話もできずに過ごしたのである。

特殊自然災害係の部屋は、年季の入った市役所本館の三階にあった。市議会の議場があるため他に事務室が存在しないフロアの隅っこで、他課の人間や市民が通りがかることも滅多にない。隣にある五階建ての新館の影に入るため最上階なのに日当たりは悪く、まさしく「片隅」というにふさわしい場所である。

「宮澤君。ちょっとエエかね」

ほろ苦い初出勤からひと月近く経った四月末、書類を挟んだクリップボードを手に、先輩職員である辻本春香《つじもとはるか》がデスクワーク中の美郷に声を掛けた。ちなみに名前は春香さんだが、辻本は三十代半ば過ぎの男性職員で、美郷を直接指導してくれている先輩だ。ハーフリムの眼鏡が似合う温和な雰囲気の人物で、市内にある浄土真宗系の寺の僧侶でもあった。

「はい、なんでしょう」

文書管理システム相手に格闘していた美郷は、マウスから手を離して視線を上げる。

専門職員として採用されたとはいえ、まず覚えるのは事務からだった。市役所の仕事は全て「起案と決裁」によって厳格に処理される。これは役所として公正に仕事を行うために不可欠なこととして、オリエンテーションでも説明された。どんな小さな仕事でも文書として残し、上司の決裁をもらうのだ。

「昨日電話であった相談なんじゃけど、ちょっとここに行ってみてくれんかね？」

受け取った書類に美郷は視線を落とす。美郷の勤務している市役所本庁からは車で二十分程度かかる、平成の大合併で巴市となった旧村だ。

「――住居トラブル、ですか」

辻本が電話聞き取りでこしらえた申請書に目を通し、美郷は了解です、と頷いた。

「まだちょっと早いかな、とも思ったんじゃけど……今日は宮澤君一人で聞き取りに行ってもらいたいんよ。ほんまは僕も行くつもりだったんじゃけど、急に予定が入ってからね」

生粋の地元民らしいお国言葉で、柔らかく辻本は喋る。広島弁といえばきつい口調の方が有名だが、その人によって喋り方は様々で印象も違う。辻本の口調は男女どちらが喋っても違和感のない、ニュートラルなものだ。

「わかりました。ええと、何て名乗ればいいんでしたっけ……」

普通の自然災害を「一般」自然災害として、その対として霊的トラブルを「特殊」自然災害と呼んでいるのだが、まずもってこれを一発で理解してくれる市民はいない（職員もあまりいない）。ただ、「市役所に何やらオカルト現象を扱う部署がある」ということは、古くから巴に根付いて暮らす人々――特に神社の氏子総代などをやっているような地元有力者や、寺社の関係者には認知されていると聞いた。

今回の相談者はその例からは漏れるようだが、受診した市内の精神科医院でやんわりとこちらを紹介されたらしい。

「んー、市外から転居の人じゃけえねえ……まあでも、『もののけトラブル係』言うとけば大体どうにかなるよ。いっぺん電話かけて来とってんじゃけ、大丈夫大丈夫」

特殊自然災害係《もののけトラブル》。間違ってはいないが、柔らか過ぎてそれでいいのかとも思う。否、最近は役所も「いきいき生活課」や「おもてなし課」とひらがな系の部署が多々あるのだから、むしろそちらの方が良いのかもしれない。ただし、滑舌は必要そうだ。

「はい――それじゃあ、行ってきます」

約一か月、美郷は辻本の後をついて回っていたのだが、いよいよ一人で訪問に行ってみろという話だ。まだ不慣れなことが多いため緊張もするが、デスクワークも大概嫌になってきていた。時刻はまだ午前十時も回っていない。

「あ、辻本さん」

「うん？」

訪問前に先方の都合を確認するために、型の古い電話の受話器を上げて外線ボタンを押しかけ、美郷は手を止めて辻本を呼ばわった。

「服、着替えて行った方がいいですか？」

スーツや制服のブレザーなど、いわゆる正装で仕事をする窓口業務部署とは違い、奥で仕事をする職員の多くは作業ズボンとポロシャツにジャンパーという作業着姿だ。ご多分に漏れず、美郷も楽な作業着に着替えて仕事をしているのだが、市民の家に訪問ということであればスーツの方が良いであろうか。

自分の着ているジャンパーの襟を引っ張って美郷は問う。その色は鮮烈な真紅だ。

どんな理由で採用されたのかは分からないが、巴市の作業着ジャンパーは真っ赤な服地の要所に黒のラインが入った大変派手なものだ。受け取った最初、美郷はとても面食らったし、見つけた怜路は大変喜んだ。曰く「滅茶苦茶カッコいい」とのことで、あのファッションセンスの人物に褒められるのが良いことなのか美郷には分からない。

「いや、そのままでエエよ。あ、でもよう目立つけぇ、歩いとる時に他の市民の人に声かけられるかもしれんけ気を付けてね。髪型珍しがってじゃろうし、今宮澤君が水道やら土木やらの陳情されても困るじゃろうし」

なんでも、「市役所だ！」と見ると部署関係なく要望を伝えに来る人もいるらしい。新人の間はできるだけ避けて通れとアドバイスされた。

そうであればやはり、着替えて出るべきか。一瞬迷ったがそれも逃げ隠れするようで憚《はばか》られ、結局美郷は真っ赤なジャンパーのまま公用車に乗り込んだ。


四月も末、桜の季節を終えた山の木々が一斉にふわりと淡く芽吹き始めるこの時節は、何かと特殊自然災害《もののけトラブル》も多いという。木の芽時という言葉は「人の心に魔が差す季節」の意味もあるが、山野の魔もまた、冬の眠りから目覚める時期なのだ。

麗《うら》らかな日差しの中、瑞々しい新緑に染まる山を見ながら、美郷は相談者の家へと公用車を走らせた。車は国道五十四号線を川沿いに島根方面へ北上していく。

広島と出雲を結ぶ出雲路を軸に整備された国道五十四号線は、広島と島根の県境でひとつ峠を越える。北上するにつれどんどん標高は上がり、山深くなるにつれて、刹那に過ぎる新緑の季節は見る間に巻き戻されていった。

旧村の中心地を過ぎて峠にさしかかると、平地では目を射るような黄緑色をしていた山々が、白に一滴緑を混ぜたような淡い淡い色の靄を纏《まと》わせた姿に変わる。

信号のない交差点を脇道に入る。中央線はないが、普通車同士ならば離合はできる程度の幅の道が、水を湛《たた》えた田圃と山際に点在する民家の間を縫うように続いていた。その道から更に、一本細い脇道へ入る。さすがに離合困難な幅になった道は、山へ山へと曲がりくねりながら上っていた。

「これ、ホントに家なんてあるの……？」

思わず呟《つぶや》く。傍らには、元は棚田であったと思《おぼ》しき耕作放棄地が、谷を這《は》うように細々と続いている。かと思えば急激に両サイドから山が迫って道が折れ曲がり、先が途切れているのではないかと美郷は危ぶんだ。

幸い道は途切れず、視界が開けて小さな耕作地が原野に還りかけたような場所に出る。背の高い草や細い木々が冬枯れたままの様子はいかにも侘《わび》しい。その先に、こぢんまりと端正な印象の古民家が突然現れた。相談者の家だ。

「移築したって言ってたっけ」

つい昨年転居してきたばかりの相談者は都会からやって来た二十代半ばの男性で、陶芸家だという。相談内容は、夜な夜な白装束の若い女が訪ねて来るというものだった。

女は毎晩玄関の戸を、男性が返事をしなければ一晩中でも叩き続ける。たまりかねて返事をすると音は止むらしいが、要件を聞いても何も答えないそうだ。特別に恨み言を吐くわけでも、玄関を壊そうとするわけでもないようだが、毎晩人ならざる女が玄関の戸を叩き続ければ、それだけで人間の側は参る。

家のすぐそばで車を道の端に寄せた。助手席に放っていた書類一式の入った鞄を抱え、首から下がる名札を確認した美郷は、緊張した面持ちで車を出る。

途端に、腹の内側でざわりと何か蠢く感触がした。

不意打ちに、思わず右手で下腹を押さえる。

――この場所に、「それ」が反応するような何かがあるのだろうか。

「勘弁してくれ。仕事中だ」

腸《はらわた》を逆撫《さかな》でされるような、奇妙な感覚に眉を顰《ひそ》める。

「寝てろよ、良い子だから……」

宥《なだ》めるように呟いて、車をロックした美郷は歩き始めた。

「――わかりました。後日またいくらか聞き取りさせて頂くかもしれませんが、ご自身に心当たりがないのであれば、土地の関係という可能性もあります。これから周辺の調査もしますので、今日のところは応急処置として、この符を何枚か家に貼らせてください」

一通りの聞き取りを終えて、チェック項目を書き込んだ聞き取り用紙を鞄に収めた美郷は、憔悴《しょうすい》した男性を安心させるようににっこりとほほ笑んだ。

会社員生活が性に合わず、オンライントレードで資金を調達して自分の窯を作ったという若い陶芸家は、その経歴のイメージ通り内向的で、自身の拘《こだわ》りが強そうな第一印象の男性だった。しかし、ひとまず聞いた話の限りでは、男性本人の抱えた因縁ではなさそうに思える。

手渡されていた簡単なマニュアルと辻本のやり方を参考に、緊張しながらの訪問だったがまずは順調にことが進んでいた。

市民から持ち込まれたトラブルへの対応業務にはいくつかポイントがあるが、まず最初の関門は「相談者からきちんと話が聞き取れるか」だ。相手は混乱していることが多いし、感情的になっていたりする。要領を得ない話に辻本が苦心する様子も横で見てきたが、幸い今回の相談者は比較的冷静だった。美郷の説明も素直に聞いてくれ、「いかにも」な霊符を包み紙から取り出しても胡散臭がる様子はない。――それだけ、彼の精神状態が切羽詰まっているとも言えるだろう。

鞄から方位磁石を出して東西南北を確認し、祓言葉《はらえことば》を唱えながら霊符を貼っていく。最後に玄関の戸へ符を貼りつけ、美郷は男性を振り返った。抱えて来た書類鞄を漁《あさ》り、更に一枚の封紙に入った霊符と、いかにもなお役所プリントをクリアファイルから取り出す。

「これで、その女の来訪は止まるはずです。もしも、まだ女が玄関を叩くようでしたら、こちらの符を握って『オン　マリシエイ　ソワカ』と音が止むまで唱え続けてください。あ、呪文はこちらの紙に書いてありますので。できればこんな風に準備して……」

ポップなイラストで図解したプリントを手渡しながら、己の気配を消す呪術である隠《おん》形術《ぎょう》の説明をする。思い詰めた表情の男性は真面目に話を聞いてくれているが、市役所の人間がいかにも「ご説明」のプリント片手に真言を教える図はなんとも珍妙だ。

「――それじゃ、また明日のこの時間に様子を伺いに参りますので」

頭を下げて、家を後にする。公用車まで戻って助手席に鞄を放り込み、美郷は改めて古民家を振り返った。

「やっぱコレ、場所なんじゃないかなあ……」

はっきりと、確証を得る何かがあるわけではない。だが、美郷の勘が囁《ささや》いていた。

『ここは、人の住む場所ではない』と。

昔から、人の住む「こちら側」と、人でないモノの棲む「あちら側」がこの国には存在する。その境目は大抵、山際であったり川であったり、自然が人の足を止める場所だ。「こちら側」に住む者、つまり同じ集落の者は「同じ人間」であり、その外からやって来る者は、実際の彼等が人であるかそれ以外であるかに関わりなく、「余所者」という名の「異界の住人《あちらがわ》」というわけだ。

人々は、「あちら側の住人」をこちら側に受け入れたがらない。

あちら側から来るモノは、神であれ魔であれ、与えるものが恩恵であれ災厄であれ、こちら側の世界の「和」を乱すつむじ風のような存在だからだろう。

旧村の支所へと向かい、置いてある資料に目を通していた美郷は、顔を上げて凝った肩をぐるりと回した。ゴキリと派手な音がして、思わず周囲を見回す。元より人員の少ない支所の、更に奥まった場所にある書庫には他に人影などない。しんと薄暗い部屋の書類ラックだけが美郷を見下ろしていた。

旧市内の寺社仏閣や伝承をまとめた資料ならば本庁の事務室にもあるのだが、市内全てのものを置いておくスペースはない。そのため、合併で巴市となった旧町村の資料は、旧自治体の支所や図書館に保管されている。各地域に残る伝承や寺社の記録、祠堂《しどう》や石仏の位置や何を祀《まつ》っているかなど、様々な資料をひとまず思い付く限り引っ張り出して、美郷は閲覧机に積んでいた。

「ハザードマップ的には危険箇所……なのはまあ、納得の場所だったたな」

広げた地図を眺めながら、先ほど見た家の佇《たたず》まいを思い返して美郷は呟く。細い谷筋で、両脇に山が迫っていた。周囲に他に家がないのも頷ける。

山積みの資料を前に次は何を開こうか思案していると、市役所備品の携帯電話が鳴動した。まだ「スマートフォン」ではない二つ折り式のそれを、美郷は慌てて開く。着信画面に表示されたのは「芳田《よしだ》係長」――美郷の上司の名だった。聞き取りを終えて車に戻ってすぐに、美郷は報告の電話を本庁にしていたのだ。

『もしもし、宮澤君。芳田です。先程言うとりました来円寺《らいえんじ》さんに話を聞かしてもろうたんですが、どうも後ろの山が問題のようでしてな』

渋いながらも朗と響く声が、辻本とはまた少し雰囲気の違うお国訛《なま》りで話し始めた。特殊自然災害係長・芳田利美《としみ》は五十代前半の小柄な男で、修験道系の呪術者だ。温和・実直・博識で、係員の信頼も厚い実力者である。

来円寺は同地域に古くからある寺院で、代々の住職が祈祷《きとう》によって地域の霊的トラブルを解決してきたそうだ。聞き取りを済ませた美郷の第一報を受け、芳田がその来円寺へ相談の電話をしてくれていた。

『だいぶん古い記録になるそうですが、今回の家からァ山を挟んで反対側の地区に、村人を喰い殺した女鬼《おんなおに》の記録があるそうでしてな』

銀山街道を巡って毛利と尼子が小競り合いをしていた時代、一人の美しい白拍子が、峠麓の宿場であるこの地域で尼子の間者をしていたという。それはそれは美しい歌声と舞の腕前を持っていた白拍子は、鄙《ひな》には稀《まれ》な美貌と芸で人脈を作り、毛利の情報を尼子にもたらしていた。

白拍子に言い寄る男は数多あったが、中でもひときわ熱心な青年がいたという。白拍子はその青年を拒み続けていたが、心の内では憎からず思っていたらしい。

そんな中、些細《ささい》なことからとうとう白拍子の正体が周囲に知られてしまう。そして白拍子を慕っていた青年も無実の罪を着せられ、白拍子と共に村人たちの制裁に遭った。瀕死《ひんし》になりながらも村人たちの追及を逃れ、白拍子と青年は山へ消える。

『それ以降、夜遅ォに街道を通ると、女鬼に襲われるいう事件が相次いだそうでしてな。女鬼は村人を見りゃあ必ず食い殺してえらい被害を出したいうことで、来円寺の当時のご住職が封じた記録があるそうです。地図を見ますに、被害者の方の家は女鬼と男が一緒に逃げ込んだと伝えられとる山の麓のようですけえ』

「それじゃあ……被害者の家に来ているのは、その白拍子だった女鬼なんでしょうか。でも、ご本人からお話を聞く限りだと害意はなさそうだったんです」

芳田の話になるほどと頷き、美郷は疑問を口にした。

『そのことですが、支所の者《もん》からは何か聞き取りができましたか』

逆に尋ねられ、美郷は「はい」と小さく答えた。支所へ来たのは資料だけが目当てではない。第一報で「家の場所が気に入らない」と言った美郷に対し芳田は、移住者である今回の相談者と地元民の間で、何かトラブルがなかったか支所で確認するよう指示を出していた。

「派手に揉《も》め事があったわけじゃないみたいですが……まあ、その、『変わった人』が来ると噂にはなったらしいです。支所の方も噂程度しかご存知なかったですが、職業もですし……自治会に入るのを渋られたとか、その辺りで一回まとまったはずの話が流れたと聞きました」

美郷の報告に、芳田が得心の行った口調で『はァ、はァ、なるほど』と相槌《あいづち》を打つ。

単身者用の集合住宅に賃貸で入るのであれば関係のない「近所付き合い」も、田舎に「移住」するのであれば話は変わる。現在、美郷や大家である怜路はそのしがらみを免れているが、これは美郷らの家もまた、「人の住む世界」にあるとは言い難いからだ。——こちらは単純に、集落が全て空家になっているせいで付き合う「ご近所さん」がいないのである。

『そいで結局、「こっち側」じゃあ無ァ土地を紹介されたんかもしれませんな』

つまり彼は、この土地の住民になることを拒み、住民たちからも受け入れられなかったのかもしれない。郷に入っては郷に従えというが、地域差こそあれ「付き合い」というものは面倒の方が多いものだ。若く、芸術家気質に見えた男性がそれを拒んだのも理解できる。

一方で、面倒を背負うことはすなわち、共同体の維持に参加するという意味でもある。それを拒んだ彼は「余所者」という異界《あちらがわ》の存在として、地元民に扱われることとなった。そんなところだろうか。

『女鬼は村人を見りゃあ老若男女問わず喰い殺したいうて伝えられとるようですが、一緒に山へ入った男を捜して彷徨《さまよ》うておったとも言うそうです。その女鬼の想い人だったいう男も、他所から村へ行商に来よる人間じゃったいう話があるそうですけえ、地区の者《もん》に受け入れられんかった今回の被害者が、女鬼から見りゃあ想い人と重なって見えとるんかもしれませんなあ』

芳田の話に相槌を打ちながら、美郷は広げていた資料を片付け始めていた。この様子だと、恐らくもう必要ないであろうと思ったからだ。時刻はそろそろ昼に近づいている。

来円寺側に女鬼を封じた時の記録があるため、来円寺と協力して動くと芳田は言った。山中に女鬼を封じた塚があるはずだが、随分長く管理された記録もない。おそらく元々封印が緩んでいても不思議はない、とのことだ。

ここから先は芳田自身とベテラン職員が引き継ぐということで、美郷は本庁に帰って来いという指示と共に、ねぎらいの言葉をかけられる。

「……余所者、か」

通話を切った携帯電話を畳みながら美郷は呟いた。

職業、身なり、態度——様々なものが自分達と均質にならない、外部の存在。「余所者」という言葉は、単に異郷の者という以上の意味を含んで聞こえる。初出勤の日、遅れて会議室に入った自分へ集まった視線が思い出されて、美郷は携帯電話を握る手に力を込めた。

美郷の報告を受けて、特自災害係は事件の解決に動き出した。

女鬼の存在を前提にもう一度相談者の男性に聞き取りをしたところ、陶芸家である彼は自宅後ろの山に登って、陶器の原料となる土を探していたらしい。特に何か封印らしきものを壊した覚えはないというが、彼の山歩きが引き金になった可能性は高かった。

女鬼の封じは、来円寺の住職と数人の職員で行われる。残念ながら今回、美郷はメンバーから外されていた。代わりに命じられたのは、相談者の保護だ。

事情を説明し当人の意思を尋ねたところ、相談者の男性は転居を望んだ。たとえ首尾よく女鬼を封じられたとしても、もうこの場所には住んでいたくないという。ただ、この地域の土は気に入っているというので、新しい住居は市内で追々探してもらうことにし、ひとまずの避難先として市営住宅を準備することにした。

そこで、美郷に回ってきたお役目が「市営住宅入居の段取り」である。

能力を買われて専門員として就職したはずなのに、実戦部隊ではなく事務処理に回されたのも多少不服だった。しかしそれ以上に憂鬱だったのは、この仕事、他部署とのやりとりが必要なことだ。

相談者の事情を文章に起こし、市営住宅を管理している管財課へ稟議《りんぎ》を回す。承認・決裁自体はコンピュータシステムを使ってペーパーレスで行うのだが、相談者本人の申請書類を回覧する必要があるため、結局相手の担当課まで紙をもって行く必要があった。

古びて寂れた雰囲気の特自災害と違い、新館にある管財課の事務室は広く明るい。市民課窓口ほどではないにしろ、多少一般市民の出入りする場所なので自然と体は硬くなる。更に、回覧を渡す相手は誰であろう、同期の広瀬であった。対面するのは実に、勤務二日目以来だ。

「お疲れ様です。あの、これ……市営住宅に緊急で引っ越したい人がいるから、急いで稟議回してほしいんだけど」

カウンター越しに、努めて明るく声を掛けた美郷に、一番手前のデスクに座る広瀬が顔を上げた。美郷の顔をみとめて、何とも気まずそうに渋い顔をする。果たして自分は、そこまで彼に嫌われるような真似をしただろうか。それとも、ちょっと会話したくないくらい、赤の他人の振りがしたくなるほど悪目立ちしているのだろうか。

困り果て、愛想笑いのまま固まっていると、億劫《おっくう》そうに立ち上がった広瀬が無言で稟議書類を挟んだバインダーを受け取った。「わかった、おつかれ」と、聞こえるか否かの低く小さな声が返される。

「う、うん。じゃあ……」

全く会話が続かない。美郷は諦めてその場を去ることにする。踵《きびす》を返したところ、すぐ後ろに、スーツ姿の壮年男性が立っていた。反射的に身構える。「公務員」に関して口やかましい相手だったら厄介だ。しかし、男性は黒縁の眼鏡越しに美郷の名札を確認すると、「ほうほう、キミか」と笑みをこぼした。

「キミが噂の、特自災害に今年入ったエース君じゃろ」

「え、エース？」

予想外の単語に、美郷はきょとんと小首を傾《かし》げた。エースとは何だったか、野球のチーム一の投手か、撃墜王か。間抜け面を晒《さら》した美郷にさらに笑い、男性はぽんぽんと軽く美郷の肩を叩いて言った。

「神道系メインじゃ言うて芳田さんから聞いとるで。そのうち地鎮祭やら棟上げやら世話んなると思うけえよろしゅうな」

　どうやら建設関係の人物らしい。験担ぎが多い建設系の業者も、特殊自然災害《もののけトラブル》は関わりが深いのだろう。「はい、ありがとうございます」とむにゃむにゃ答えた美郷に、最後にひとつ大きく背中を叩いて男性は笑った。

「いくら特自災害が優秀な人間を集めとる言うても、キミのようなオールラウンドに仕事をこなせる人材は滅多におらんけえな。皆期待しとってじゃけ頑張りんさい」

　温かい言葉を残して、男性は美郷の横を通り過ぎる。隣の建設課窓口へ向かった彼の元へ、奥から腰を低くして建設課長が出てきた。一目で、男性が立場の強い人間と分かる構図だ。なんとはなし、彼らのやり取りを眺めた後、美郷は視線を感じて管財課の方を振り返った。ばちり、と広瀬と目が合う。

「……宮澤」

　ぼそりと広瀬が呼んだ。

　多少身構えながら、美郷は返事をして広瀬に向き直る。

「お前、生まれつきそういう、アレなわけ？」

　霊力・呪力と呼ばれる類のものを持っていたのか。そう問われればイエスだ。控えめに頷いた美郷に、「あっそ、」と素っ気なく返し、広瀬は席を立って奥へ引っ込んでしまった。

「嫌われたなぁ……」

がっくりと肩を落とし、美郷は特自災害のフロアへと引き返す。

特殊自然災害係ならばせめて、仕事のことは分かち合える。全てを全てさらけ出せるわけではなくとも、あの場所において美郷は「余所者」ではない。中で居場所を築ける環境だ。

（頑張ろう……）

少しでも早く馴染めるように。迷惑をかけたりしないように。

逃げるようにフロアを出て行く美郷の背を、給湯室の扉の陰から広瀬が複雑な表情で眺めている。しかし、俯いて足元ばかり見て歩いている美郷が、それに気付くはずもなかった。

深夜営業している居酒屋に勤める怜路が、遅番の仕事を終えて家に帰り着いたのは丑《うし》三つ時近くになってからだった。下宿人はもう夢の中であろうと、控えめに車のドアを閉める。

しかし、出勤前に灯しておいた勝手口の明かり以外に、なにやら屋敷の西側がぼんやりと光っている。母屋の向こう側から漏れ出し、庭の西の端に建つ土蔵や築山の葉を照らしているのは離れの明かりだろう。こんな夜中に何をしているのやらと、好奇心で怜路は中庭の方へ足を向けた。

宮澤美郷が怜路の家に下宿を始めてそろそろひと月が経つ。下宿人は庭にもののけの跋扈《ばっこ》するこの家を嫌がる様子もなく、むしろ気に入っているようにすら見えた。最低限、人間にちょっかいをかけて来そうな迷惑者は追い払っているのだろうが、屋敷の西側に溜まる陰の気――もののけの気配が祓われていたこともない。祓うだけの実力がないとは考えづらいので、本人が好きこのんで放置しているのだろう。

夜目を利かせるためサングラスを外して胸元に引っ掛け、闇夜の中ほんの薄明りを頼りに母屋の西側へ回り込む。案の定、和室の障子が白く光っていた。その奥ではどうやら人影が立ってうろうろしている。

この深夜にあえて声を掛けるのもどうかと少し悩んで、しかし生活サイクルの違いであまり下宿人と会話できていなかった怜路は、中庭に分け入って和室の濡れ縁に腰掛けた。中の気配も怜路の足音に気付いたらしく、そっと内障子に隙間ができる。膝立ちの美青年が中からこちらを覗《のぞ》いていた。

「よう、夜更かしじゃねーの」

ひらひら手を振ると、多少乱れた和装の寝巻にどてらを羽織った下宿人が、首を傾げて掃き出しを開ける。長い髪は下ろされた状態で、もしかしたら単に便所に立った直後なのかもしれない。

「狩野さんこそ、お疲れ様です」

怜路を招き入れるように掃き出しを大きく開け、傍らに端座した下宿人は軽く頭を下げた。四月の末でも深夜は冷え込むし、この辺りは悪くすれば遅霜が降る。開けっ放しでは相手も寒かろうと、怜路は招きに従って下宿人の和室に上がり込んだ。その時ふと、窓際の柱に貼られた霊符に気付く。

「どーも。怜路でいいぜ、アンタはミサトだっけか。俺ァ敬語なんざ慣れてないんでね、歳もそんな違わねェんだし、タメでいこうや」

端に布団をのべられ、慎ましいちゃぶ台が置かれた部屋は綺麗に片付いている。障子や掃き出しを開ける所作ひとつとっても丁寧で、良い家で躾《しつ》けられて育ったであろうことが窺われた。

――怜路はいまだ、この公務員陰陽師様の出自を知らない。大して興味はないし、自分も詮索されるのは嫌いだからだ。

「う、うん。お疲れ様。どうしたんです?」

「いや、夜中に起きてるから何してんのかなと思って、そんだけ。あんま喋ってもねーなァって思ったもんでね。おたくは明日休みだろ? たまにゃあ様子でも聞いてみようかと」

本日、実は金曜日の夜である。居酒屋は忙しかったたし明日も仕事だが、公務員様はカレンダー通り土曜休みのはずだ。掃き出し窓の鍵をかけて内障子を閉め、怜路はちゃぶ台横の座布団に陣取った。戸惑った様子の美郷はしかし、怜路を追い出す様子もない。ぐるりと小さな部屋を見渡し、「そいで、住み心地はどうだい」と怜路は尋ねる。

「お陰様で快適だよ」

延べられた布団の上に正座して美郷が答える。

「そりゃ良かった。しかしアンタも物好きっつーか、変わった趣味してんな。なんであの中庭放置してる」

そう言って再度障子を開けた先では、漏れる部屋の明かりに浮かぶ池の周りを、いくつもの影が蠢いている。山水と共に池に流れ込んで来る小さなもののけの類だ。

「あ、いや……べつに居て困るもんじゃないし、ボンヤリ眺めるのに丁度良くてつい。ごめん、綺麗にした方がいいかな？」

家賃を安くしている分、屋敷の維持管理を手伝えとは言ってある。慌てたように問う美郷に、いいやと怜路はゆるく首を振った。

「アンタが困ってなきゃいいさ。前はしょっちゅう夜中に来てやがったデケェ迷惑野郎も最近は来ねェし。けどまあ、ヒマの潰し方が妖怪ビオトープ観察ってなァ若者としてどうなんだ」

「妖怪ビオトープって」

ふふっ、と美郷が笑いを漏らす。だってそうだろ、と怜路は若干呆れた声を返した。障子を閉めた時、再び霊符が目に入る。先程は部屋の外側に、そして今度は内側の柱に貼ってあった。怜路の視線に気付いた美郷が「あの、」と戸惑った声をかけてくる。

「美郷、お前さんこういうの作ンの得意？」

霊符を指差し、怜路は問う。「まあ苦手ではない」という控えめなお答えに頷いて、じゃあ、と怜路は身を乗り出した。

「外のもののけ掃除はべつにいい。それよっか、家全体にその符貼ってくれや。最近静かでいいんだが、母屋の後ろの雨戸をガンガン叩きに来やがる奴が居ンだよ。俺ァあんま上等な教育受けてないんでね、相手を取っ捕まえたりブン殴ったりは得意だが、そういうお作法の面倒なやつァ苦手なんだ」

怜路は幼い頃、記憶喪失の状態で「天狗」を名乗る養父に拾われ、山の中と都会の場末を行き来して育った。一通りの社会常識と養父の扱っていた修験道系の呪術は修めているものの、雑な性格もあって霊符作りだの結界張りだのといった、丁寧で繊細な作業を要する呪術は苦手なのだ。

「う、うん。構わないけど」

頷く美郷によっしゃ頼んだ、と己の膝を叩き、その時胸元でかちゃりと鳴ったサングラスを思い出したようにかける。

「アンタ結構いい教育受けてンだろ。答えたくなきゃべつにいいが、どこ出身だ？」

普段は感じぬ好奇心がむくむくと湧き上がる。何故これだけ良い教育を受けた呪術者が、誰の援助もなく宿無しになりかけていたのか。何故外側と内側、両方に向けて魔除けの霊符が貼ってあるのか。

「ええと……神道系だよ。小中の一時期だけ島根にいた。怜路は東京だよね、どうやってこの家を見つけたの？」

「ああ、知り合いの伝手っつーか、譲られちまってな。まあ何かの縁だろうと思ってよ。ちょっと場所を変えて気分転換したかったんで、田舎に住んでみることにしたんだわ」

ふうん、と曖昧な返事とともに、美郷がくありと欠伸《あくび》をひとつこぼす。それをきっかけに、怜路はよいせ、と立ち上がった。美郷は微妙に怜路の問いをはぐらかした。怜路もまた、一から十まで自己紹介したわけでもない。まあそれでよいだろうと怜路は思う。

「そんじゃあ、夜中に邪魔したな。靴は朝んなってから取りに来るわ。お休みィ」

言って、和室の奥にある、廊下へ繋《つな》がる引戸を開ける。「はぁい」と下宿人の緩い返事を背中に聞きながら、廊下の電灯を点けた怜路は静かに引き戸を閉めた。

3．ピアノのうた

狩野家の裏庭は、半ば原野に還っている。

夜も更けて日付が変わろうかという時間帯、裏庭に面する母屋の北側廊下をぺたりぺたりと寝巻姿で歩いた美郷は、別棟になっている風呂の脱衣場に入った。元は五右衛門風呂だったというそこは綺麗に改築され、大きな洗面台や洗濯機のある脱衣場と、美郷が足を伸ばして入れる大きさのユニットバスになっている。

ここは古民家ではあるが、つい十年程度前まで人が暮らしていたため、現代の暮らしに合わせた改築が至る所に施されていた。トイレも洋式の水洗で、一度見せてもらった母屋の台所もフローリングのシステムキッチンだ。水回りが現代化されているのは、暮らす身としては大変ありがたい。

脱衣場にある、明かり取りの窓を開ける。外はさやさやと細い雨が、繁茂する雑草や雑木を叩いていた。脱衣場にも風呂にも大きく開放できる窓がついているのは、外に人の視線などない田舎ならではの贅沢《ぜいたく》だろう。

「裏はホント酷いな……」

　窓から頭を突き出して周囲を見回し、美郷は思わず漏らした。裏庭が綺麗に整えられていれば、緑を眺めながらの入浴を楽しめるのかもしれない。しかし現状では風呂場の窓も怪談の舞台装置にしか見えない。そして実際、出る。

　蛙の声と虫の音、雨音が空間を満たす中、闇の奥でゴソゴソと何かが蠢いている。先日怜路が言っていた、家の裏手で騒ぐもののけであろう。

　怜路の話によれば、単に「遊びに」やって来るだけで大して悪意はないが、とにかく真夜中に戸板を叩いたり引っ掻いたり、それでも無視すれば囃し立てたりと非常にうるさいらしい。しかし、今夜のもののけは初夏を迎えて繁茂する茅《かや》の藪の奥に息をひそめ、気配を殺しているような雰囲気だ。

　不意に、腸《はらわた》を内側から逆撫でされる。ぐっと眉間にしわを寄せて、美郷は窓から身を引いた。美郷の中で暴れるそれは、もののけの気配に反応して美郷の中を這いあがる。

　左の肩甲骨辺りがかっと熱を持った。闇の奥の気配が震える。

「――駄目だ。出さないからな」

　封じに阻まれた美郷の中の「それ」は、不満を訴えてひとしきり動き回ると、諦めたように大人しくなった。窓枠を握って内側からの攻撃に耐えていた美郷は、ふう、と溜息をついて体を起こす。巴に越して来てからというもの、美郷の腹の住人は随分と活発だ。この土地の、濃密な山霊（もののけ）の気配に反応しているのだろう。

窓を閉めて鍵をかけながら、要らぬ好奇心など起こさなければよかったと後悔する。本当は怜路から依頼された、魔除けの符を貼りに来ただけだったのだ。先月始めに、ゴールデンウィークを使って書いた符を家全体に貼って回った。今夜は、一番もののけがよくやって来る、裏手の符だけを貼り換えて歩いている。

「というか、家賃代わりの労働としてはちょっと重たいなあコレ」

ぶつぶつとぼやきながら、湿気除けに厚手の封紙で包んだ符を窓に貼る。古い符は寝巻の袖に突っ込んだ。ふとした動きで、左の肩甲骨辺りに攣《つ》れたような感覚が走り、美郷は眉を顰める。

今日は怜路が遅番の日だ。美郷の他に、辺りに人間の気配はない。今「それ」を出してしまっても見とがめる者はいないのだが、怜路が帰って来るまでに回収できなければ面倒なことになるだろう。

呪術者は、闇とうつし世の狭間に立っている。

いわゆる、ごく普通の一般人からしてみれば呪術者など、見るモノも為すことも自分達とは違う「異界の存在《よそもの》」だ。

(特に、おれは……)

美郷は人間の中では暮らせない。闇のほとりに隠れて心身を休めながら、どうにか当たり前の人間のフリをして生きている。

宮澤美郷は、身の内に――を飼っている。


美郷が中学生の頃。通学路の途中に廃校になった小学校があった。廃れてゆうに十年単位の時が過ぎていたであろう、朽ちた木造校舎は『廃墟』と呼ぶにふさわしいものだった。部活や塾に忙しい同級生たちは、登校は一緒でも下校時はバラバラになる。学校指定のショルダーバッグを肩に掛け、冬の終わりの雨に傘を差して田舎道を歩いていた美郷は一人、その廃校舎の前で立ち止まった。

ピアノの音が聞こえる。

かそけき音が何の曲なのかは分からない。そもそも、何か「曲」を奏でているのか、それともただ気まぐれに鍵盤を叩いているのかも分からない。場所は小さな川に面した細い道の途中で、農閑期の雨の中、見回す田畑に人影はない。

年に一度手入れされるかされないかの校舎周りは、草木がぼうぼうにはびこって冬枯れ、半ば山へ還りかけている。傘の下でそっと首を巡らせ、周囲を確認した美郷は、こっそりと廃校舎の中へ忍び込んだ。

――そんな、十年前の思い出が脳裏によみがえったのは、しとしとと降り続く五月雨《さみだれ》のせいだろう。……断じて、二時間近く耳元で同じ内容を繰り返す電話のせいではない。はずである。最初はメモを取りながら親身に市民からの「相談」を聞いていた美郷だったが、話が五ループ目に入った辺りでうっかり意識が遠のきかけた。

「――はい、はい。それでは直接現地調査に……いえ、すぐ折り返しお電話いたします。はい、わかりました、はい、失礼いたします」

精一杯のよそ行き声で締めくくり、通話が切れるのを確認して、美郷はようやっと受話器を置いた。右手の下に敷かれたメモ用の裏紙は、謎の模様に埋め尽くされている。後ろを通りかかった辻本が、「宮澤君、ソレちゃんと燃やして始末しんさいよ」と言い置いて行った。いや、別に呪符を書いた覚えはない。

受話器を持ち疲れてだるい左腕をぐるりと回し、壁掛け時計を見上げるとそろそろ定時前だ。本来日の長い時期ではあるが、厚い雲に蓋をされた外の景色はもう随分暗い。

正体不明の呪符もどきを書いていたペンを放って、傍らのマウスをぐりぐり動かすと、スリープしていたノートパソコンの液晶が再点灯する。画面の中央では、小さく表示されたウインドウが、作業中だった文書管理システムがタイムアウトしたと知らせていた。

今日中に起案を上げなければいけない作業依頼が、あと五件残っている。ノートパソコンの前に並べてある申請書に視線を落とし、美郷は深々と溜息を吐いた。のろのろと新しい申請書を抽斗《ひきだし》から取り出して、電話の内容を書き込み受付印を捺《お》す。

「係長。電話で調査依頼があって、どうしても、どーーーしても、明日には来てくれないと首を吊って死んでしまうと言われたんですが」

げんなりと項垂《うなだ》れながら、係長席の芳田へ美郷は申請書を渡した。受け取ってざっと内容を確認した芳田が、ははあ、と顎をさする。

「あー、この方は半年にいっぺんくらい、どうでも電話をかけて来《き》んさる方ですなぁ。行ってみりゃあ大したことじゃあ無ァんですが、まあ、私のほうから掛け直しましょう」

そう言って頷いてくれた係長に深々と頭を下げ、美郷はふらふらと自席に戻る。どうやらこの係には、今回のような「常連さん」が何人かいるらしい。「今回は宮澤君が引いてしもうたかー」と、名物扱いらしい「常連さん」談義に花を咲かせる先輩らに苦笑いを返し、美郷は文書管理システムに再ログインする。

先輩職員らのお喋りの話題は、次第に彼ら自身の日常や家族のことに移ってゆく。総勢で十名ほどの特殊自然災害係は、美郷を除いて全員が既婚者だ。三十代後半以上の職員がほとんどのため（辻本が美郷を含めても下から三番目である。一時期採用人数を極端に絞ったため、人員の年齢構成が歪《いびつ》なのは一般企業と変わらないそうだ）、話題は子育てと学校の話題が中心だ。会話の輪に入れない美郷は、聞き流しながら黙々と事務処理を進めた。

結局、家に帰り着いた頃には、日もとっぷりと暮れた後だった。

異様に疲れた日だった。走り回ったわけでも、精根尽き果てるまで浄め祓いをしたわけでもない。むしろ外勤は一切なく、ひたすら事務処理と電話応対をした一日だったが、慣れない仕事は精神的に疲れた。

下宿している狩野家の離れには、八畳の洋間と六畳の和室がある。借りる予定だったワンルームアパートと比べても倍以上の広さで、洋間には流し台が付いていた。冷蔵庫や電子レンジ、ＩＨコンロを持ち込んでいるので自炊はできる状態だ。倹約のためにもできるだけ自炊を心掛けているのだが、今日は到底そんな気力は残っていない。

何か口に入れるものを算段するのも億劫で、美郷は寝室にしている和室へ直行した。押入れの布団を出すのすら面倒なので、そのまま畳の上に転がる。

しばらく、寝転んだまま薄く光る障子を眺めていた美郷は、のろのろと起き上がって掃き出しを開けた。青草の香りを帯びた、湿り気の強い空気が室内に流れ込む。先週の梅雨入り宣言以降、義務を果たすかのように、灰色に曇り込めた空は日々雫《しずく》を落としていた。正直、美郷にとってはありがたい。初夏のカラカラに乾いた空気と、攻撃的なまでに若々しい陽光は苦手なのだ。

雨粒が、草木や池に滴る音が響いている。垂れこめた雨雲が遠い街の明かりを反射して、辺りをうっすらと照らしていた。影もなく、色彩もなく、ただ物の輪郭だけが見える夜闇の庭を美郷は見渡す。

一方を漆喰の土塀、三方を建屋に囲まれた中庭は、小さく薄暗い場所だ。山水を引いた池の周囲に庭木を植えて観賞用の草花を配した、元々は趣深い空間らしい。だが美郷が引っ越して来てから丸二か月が経っても一向に整えられないそこは、繁茂する雑草に埋もれたような有様だ。

「あ、あれ新種かな……」

ぽちゃん、と池に雨粒でない波紋が立って、美郷は身を乗り出した。宵闇の中でもひと際暗い常緑の葉陰に、「光」では視えないモノが戯れている。

この中庭は、小さなもののけが集いやすい場所だ。虫や小動物のようなサイズの小物や、まだ生まれたばかりの幼生が水と共に山から下りてきて、ここにわだかまっている。元々の立地条件に加えて、長い間空き家として放置されていたからだろう。今でも管理が追いついていないせいもあって、この中庭は彼らの楽園と化していた。

美郷は部屋に入られないよう簡単な結界を張っただけで、中庭にたむろする気配は放置している。もののけといって、邪悪なものが来るでもない。大きなもののけほど美郷の気配を嫌うらしく、小さな山の精霊が出入りするだけなので、ぼんやり眺めるのにちょうど良い。

様子を見にきた大家は妖怪ビオトープかと呆れていたが、特に咎めるでもなく好きにさせてくれている。「厄介そうなのが来たら追い払え」とは言われているが、少なくともこの二か月、大物が中庭までやって来ることはなかった。

ここはやたらもののけが寄ってきやすい立地の上に、元は豪農の邸宅とあってやたらに敷地が広い。住んでいる怜路も一人であれこれ追い払うのが面倒だったので、丁度良く同業者だった美郷を招き入れた面もあるらしい。まるで番犬のような扱いだ。——実際には虫除けに近いだろうか、と下らぬことを考える。

「ふふ、今日も賑やかだね」

先日から降り続く雨のおかげで池に注ぐ山水も増し、池に跳ねるモノの種類も増えている。新手のモノを見つけては、種類当てをするのが美郷の密かな楽しみだった。

そより、と夜風が胸元を撫でる。湿気に滲む汗が引いて、心地良さに美郷は目を細めた。聞こえるのは細い雨音と蛙の歌声、遠く流れる沢と、池に注ぎ込む水の音のみ。街の喧騒どころか車の音すら届かない静かな場所だ。夜中になれば時折、梟《ふくろう》や杜鵑《ほととぎす》の声も聞こえていた。秋になれば鹿がうるさいのだと怜路が嘆いていたか。

曇天を見上げて、ふと、今自分がここに居ることを不思議に思う。

何故ここに居るのか。縁もゆかりもない土地に、何のために。答えは簡単で、働きに来ている。働くのは、生きてゆくためだ。では、何のために生きているのだろう。

妙な疑問に囚われるのは、おそらく酷く疲れているせいだ。

己の力と知識を駆使して八面六臂《はちめんろっぴ》の大活躍ができる、などと期待して来たわけでは決してない。「思ったのと違う」などという理由で職を手離せるほど経済的に余裕があるわけでも、支援者がいるわけでもなかった。美郷は、高校卒業と同時に実家と縁を切っている。もう金輪際、門をくぐらないと決めて家を出てきた。

決して、親兄弟との関係が悪いわけではなかった。

美郷は特殊な秘呪を受け継ぐ古い呪術者の家系に生まれた。しかし一門の当主の、婚外子である美郷の立場はいささか面倒過ぎた。なまじっか才能もあったおかげで、内部の政治抗争に巻き込まれてしまったのだ。結果、美郷は非常に不本意な形で実家と決別していた。

――美郷が家を出るはめになった「事件」は、いまだ美郷に大きく爪痕を残している。

ぼんやり物思いに耽《ふけ》っていた美郷は、ようやく気合を入れ直して立ち上がった。まだ着たままだった仕事服のシャツとスラックスを脱ぎ捨てる。箪笥《たんす》代わりの衣装ケースから寝巻を取り出してひとまず着替えた。一連の動作で下着のタンクトップが大きく動き、布地が背中をこする。

ちりり、と左の肩甲骨辺りに引っ掛かりを感じ、美郷は不機嫌に眉を顰めた。

ささくれを逆撫でされるような感覚が不快だ。今日のような、疲れた夜は特に。

眠る前に、寝巻の片肌を脱いで左の背に手を伸ばす。

肌に負担の少ない糊《のり》を付けた、呪符を肩甲骨の上に貼る。

一生続くであろう「それ」との付き合いを、酷く憂鬱に感じる時がある。

職場で聞く子育て苦労譚《たん》や、夫婦喧嘩《げんか》の顛末《てんまつ》。日々語られる、嘆きながらも幸せそうな話題に、ただ相槌を打つことしかできない。そうして聞く、皆が営む当たり前の日常、当然辿《たど》るべき「普通の人生」の道筋は、恐らく一生、美郷には手が届かないものだ。

口に出したらきっと笑われるだろう。まだ若いのに、一年目のヒヨッコが何を言っているのかと呆れられるかもしれない。

美郷は己の内側に抱えるモノのことを、巴に来てから誰にも話していなかった。否、四年前に宿してしまった「それ」のことを語れる相手など、きっとどこにもいはしない。

同じ業界に生きている人々の「普通の幸せ」を見せつけられて、時折酷く落ち込む。

机を並べて仕事をしている仲間の間にあってさえ、己は余所者《よそもの》なのだという思いが、冷え切った金属ヤスリのようにぞりぞりと腹の底を削るのだ。

頭は芯から疲れ果てているのに、薄っぺらい布団を被っても眠気はやってこない。

寝返りを打って、夢うつつに昼間の続きを思い出す。雨音が、美郷の心を十年前へと誘《いざな》った。

――美郷が学校帰りに立ち寄った廃校舎は、地元で有名な心霊スポットだった。

廃墟の例にもれず、というやつだが多くの伝説・噂の類があり、肝試しの聖地でもあった。視た、出た、という報告も多数ある場所だ。そして実際、誰も居ないはずの音楽室からピアノの音が響いていた。

「失礼しまーす……」

何となく声を掛けながら、美郷は軋む引き戸を開けた。それまで気ままに響いていた旋律が止まる。埃《ほこり》にまみれてくすんだ、防音の厚い壁と布張りの床が目の前に広がった。

奥にある教壇の上、五線譜の入った黒板の隣にそのグランドピアノはあった。

沈黙してしまったピアノに近づく。鍵盤の蓋は閉じたまま、誰かが椅子に座った形跡もない。少し悩んで、美郷は椅子に座ってみた。

「……何を、弾いてたんですか？」

ピアノに向かって尋ねてみる。ピアノ自身が音を奏でていたなら、弾いていたのではなく、「歌っていた」のかもしれない。

答えてくれないので、鍵盤の蓋を開けてみた。埃を被ったそれを美郷が叩いてみても、何の音もしない。もう何年もこの場所に放置されているのだ。とうの昔にピアノは音を失っていた。

ぽーん。しかしピアノがひとつ音を奏でた。音楽には明るくない。美郷はピアノを習ったこともないので、それがドレミファソラシ、どの音だったのかすら分からない。

ぽーん、ぽぽーん。ぽろろーん。

まるで喋っているように響くピアノの音が、何を言っているのか読み取ろうと美郷は意識を集中させた。

『君は何をしに、ここへ来たんだい？』

張りのある男性の美声が、突然耳をくすぐった。テノールボイスというのか。まさかここで男が出て来るとは思わず、美郷は思わず悲鳴を上げる。すると美郷の後ろで、さも楽しそうな笑い声が響いた。

両肩に、大きな男性の手が置かれる。美郷は思わず背後へ首を捻り、視界に映る黒い礼装の袖を追いかけて斜め後ろを見上げた。

『ピアノの霊が髪の長い美女だなんて誰が決めたんだい？　ピアノは男性名詞だよ。僕はただ暇つぶしに鼻歌を歌ってただけさ』

抑揚の利いた感情豊かな声が、歌うように喋る。美郷を覗き込んでいたのは、艶のある黒髪をきっちりと撫で付けた壮年の紳士だ。ピアニストよりは、オペラ歌手のような姿だと美郷は内心で感想を述べる。

「ヒマなんですか？」

『この季節はお客が少なくてね。それに、先日お役所の人間が来ていたから……春が来る前にはここも取り壊されるんだろう』

「それで、歌を？」

『君のように、誰か聞きつけた人間が来ないかと思ってね』

いたずらっぽく笑う姿は、いかにも「楽器」らしく感情豊かだった。

『それで。君は何故ここに来てくれたんだい？』

「……呼ばれてる、気がして」

『ぼうやは感度が良いんだな。こんな寂しい場所に一人で来るなんて、学校では苛《いじ》められてるのかい？』

失礼なことをいうピアノだった。

「別に、そんなんじゃないです。みんな塾や部活が忙しいから、この時間に帰るやつが他に居ないだけで」

『君はその、塾も部活もやらないのか』

「やってません。……普段は、ウチで稽古とか修行とかあるんで」

ほほう、と興味深げに頷いたピアノが、上からとっくりと美郷を見下ろした。

『君はもしかして、「鳴神《なるかみ》」の子か』

「知ってるんですか」

さすがは地元に長くあったピアノ、といったところか。

『もちろんだよ。この辺りで知らぬ者の無い、名家中の名家だ。分家や親戚筋の子供を何度か見かけたが、君もかい』

その問いに、当時中学二年の終わりだった美郷は少し悩んだ。

「――僕は、当主の息子です……でも、鳴神の家族じゃない」

婚外子であることは元から知っていた。しかしこの当時美郷は、一応鳴神姓で呼ばれている自分の戸籍の「父親」欄が、空白なのを知ったばかりだった。

『だが受け継いだ力は本物、というわけだ。これだけハッキリと人の姿かたちを取れたのは久しぶりだよ』

ピアノは美郷の鬱屈とした答えを気にした様子もなく、晴れやかにそう笑う。

もののけと呼ばれるモノ――自然や器物の精霊たちは、そこに存在していても、誰にも見てもらえなければ姿形を保てない。彼らの「姿」は彼ら自身のものではなく、人と彼らの間に「映し出される」ものだからだ。

彼ら自身の存在感が大きければそれだけ、呪力や感度の低い人間でも感じ取ることができる。そして美郷のように呪力も感度も高ければ、小さなモノでもその眼に映し、存在感の大きなモノであれば、はっきりと実体があるように見ることもできた。

美郷は生まれながらに、彼らのような闇の住人への感度が高い。それは、先日認知されていないと知ったばかりの父親から受け継いだ能力だ。

鳴神は龍神の血を引く家系、その直系は高い呪力を有する。そう言われる家だった。

「……苛められてるわけじゃない。稽古とか修行が嫌いなわけでもないし」

ただ、たまたまその日は、誰も見ていない所で誰かと話がしたい気分だった。色々と矛盾しているが、そんな時、このピアノのような相手はもってこいである。

しかし、長く学校にあったせいか随分教師ぶりが板についたピアノは仕方なさそうにふむ、と息を吐いて腰に手を当てた――。


平日真昼間の住宅街に、酷く場違いな馬の荒い鼻息と、蹄《ひづめ》の地を蹴る音が響き渡る。不機嫌そうな曇天の下、作業着姿の美郷は暴れる「敵」を見つめていた。美郷の前では芳田の小柄な背中が、ひと回りもふた回りも大きく見える威圧感を持って、敵と相対している。

美郷同様、灰色の作業ズボンに真っ赤なジャンパー姿の芳田が、ベルトに下げたホルダーから密教法具の宝剣を抜く。湿度も気温も高い時期に長袖ジャンパーは辛《つら》いが、妖魔と対決するのに腕を剥《む》き出しの半袖ポロシャツもリスクが高い。こめかみを流れる汗の感覚に、美郷は目元を拭った。

「臨兵闘者皆陳列在前！」

宝剣が四縦五横の九字を切る。芳田の験力に吹き飛ばされて、一ツ目の大きな馬がどうと公園の地面に倒れた。素早く逆手に宝剣を握りなおし、芳田は柄の三鈷杵《さんこしょ》――三つ又に象《かたど》られた槍《やり》の穂先を倒れ伏す馬の妖魔に向ける。

「綜《す》べて綜べよ、金剛童子。搦《から》めよ、童子。不動明王正末の御本誓を以てし、この悪魔を搦めとれとの大誓願なり。搦めとりたまわずんば、不動明王の御不覚これに過ぎず、タラタ　カンマン　ビシビシバク　ソワカ」

朗と呪が響き、金切り声のような馬の嘶《いなな》きが辺りにこだまする。野馬《のうま》と呼ばれる妖魔が、泡を噛んで必死に立ち上がろうともがいていた。真砂土を削る蹄が、徐々に力を失くしていく。伯耆大山《ほうきだいせん》系の修験者である芳田の調伏を、美郷は初めて間近に見て息を呑んでいた。

疫病――原因不明の高熱をまき散らしていた野馬を法力で縛り上げ、芳田が竹筒の中に封じ込める。美郷の他にも数名補助の職員が控えていたが、ほとんど出番はなかった。

封じを完了した芳田が、美郷らを振り返る。美郷と芳田の目が合った瞬間、ぞりりと腹の内側のモノが騒いだ気がした。まさか、と慌てて美郷は俯く。

（係長を、恐れたのか？）

だとしたら最悪だ、と一瞬パニックになった美郷は、腹の中の住人が本当に反応したモノの気配に気付けなかった。

職員らが口々に「お疲れ様でした」と芳田をねぎらっていた時だ。

撤収にかかっていた芳田が、顔色を変えて歩みを止める。

「宮澤君！」

美郷の背後で、荒い鼻息と高らかな蹄の音が響いた。

振り返る暇もない。もう一頭いたのか。そう、頭の片隅で思い至るだけが精一杯だ。

その時。

「散ッ!!」

周囲の騒ぎを突き抜け、芳田の一喝が美郷を貫いた。

臓腑《ぞうふ》を直接殴られたような、重い衝撃が襲う。内側のモノが声ならぬ悲鳴を上げた。美郷は口元を押さえてくずおれる。

「宮澤君!?」

野馬を祓っただけの芳田が、驚いた声を上げて駆け寄ってきた。「敵」を認識した内側のモノが、芳田に牙を剥こうと体内で暴れる。それを必死で宥めながら、美郷はどうにか立ち上がった。

周囲では他の職員たちが、二頭目の野馬の対処に当たっている。こんなところで足を引っ張るわけにはいかない。込み上げる吐き気と、芳田を攻撃しに飛び出そうとするモノを無理矢理捻《ね》じ伏せて、精一杯の平静な声音で「大丈夫です」と返した。

「――すみません」

頭を下げる。無理矢理表情筋を動かして、へらりと笑ってみせた。

「ちょっと、びっくりしちゃって。ありがとうございます」

それに、難しい顔で何か言いかけた芳田を、野馬の相手をしていた職員が呼ばわった。取り押さえたので封じて欲しい、と声が聞こえる。

「ならエエですが、なんぞ具合が悪いようでしたら、またすぐに言うてください」

「はい、ありがとうございます」

顔を隠すように深々と頭を下げて、美郷は芳田を見送った。


『他人の目が怖いかい』

深く優しく、そして真摯に響いた、テノールの声音が脳裏によみがえる。

ピアノの言葉に、十年前の美郷は頷くことも、首を振ることもできなかった。

『君のように感度の良い子にとって、僕らみたいな存在は珍しくないのかもしれないね。だけど……恐れてくれないのは少々困るかもしれないな』

知らず俯いていた学生服の美郷の頭を、存在しない手が撫でた。

『他人に向けたい感情を殺して、内に籠ってばかりでは闇に搦めとられてしまうよ。感度が良くて繊細な子ほど危ない。僕らを「恐れ」なくなるのは良くないことだ。君は、君の住むうつし世が嫌いかい？』

正直な話、当時美郷はお世辞にも「好きだ」とは言えなかった。

『たまには感情的になってみるといい。他人に自分の生の感情を知られることを恐れる必要はないよ。……君は「生きて」いる。ならばそこに生の感情があるのは当然のことだ』

深く響くテノールの美声にまさかのお説教をされ――だが美郷は、何よりその言葉が欲しかったことに、拳を濡らす自分の涙で初めて気付いた。

『あまりそうして押し殺していると、自分の感情がどこにあるのかすらわからなくなってしまう。音楽は感情だ。音楽を奏でるための存在として、君の中の音楽が死んでしまうのは悲しい。鏡の前で泣いたって意味はないんだ、辛い時は人の前で泣きなさい』

――僕たちのような存在の前ではなく、生きた人間の前で。

自分の勤める居酒屋に、飯だけ食べに来い。そう怜路が美郷を誘ったのは、単に職場で奢《おご》るのが一番手っ取り早い「霊符のお礼」になると思ったからだ。その場の思い付きで口にしたような怜路の依頼を、美郷は律儀にこなしてくれている。

かの生真面目そうな美青年殿は、最初に管理の手伝いも家賃のうちだと言ったのを真に受けているらしい。しかし、あれだけキッチリした霊符による結界を外注したら、どのくらいの額になるかを知らないほど怜路も馬鹿ではない。まあ要するに、タダでやらせておくのは気が咎めたのだ。

普通ならば居酒屋でドリンクを飲まないのは褒められたことではないが、飲酒運転で帰らせるわけにも行かないので、ソフトドリンクのウーロン茶一杯で許してもらうことにする。運転代行やタクシーが使えるような距離の場所に、怜路と美郷の家はないのだ。怜路の持ち場である鉄板の前に座らせて、怜路がオーダーを取っておけばよいだろう。

当初「いつでも良いから来い」と言っていたらなかなか顔を出さないので、強制的に予約させたのが今日である。店には「友人が来る」と伝え、冗談に品とセンスがない店長に「お前にも友達がおったんか」と爆笑された。

サングラスはそのまま、店名の刺繍《ししゅう》された黒いバンダナで金髪を覆い、同じく黒いエプロンをつけた怜路は店の壁掛け時計を見上げる。十八時予約の下宿人が、そろそろ来る頃合いのはずだ。

「どしたんな怜ちゃん、今日はえらい時間を気にしよるが」

斜め向かいで飲んでいた常連客が、ソワソワしている怜路に気付いたらしい。ちなみに、正面の席には「予約済」の札を立てている。

「ああ、いや、予約の奴がそろそろ来る時間なんでね」

正直に答えると、「はァはァなるほど」と納得し、それきり常連客は怜路から興味を失って、隣の常連客と話を始めた。なんでも、隣の市で大きな野犬が出るという。隣市といって、この辺りは平成の大合併でできた、九割山のような「市」ばかりが並ぶ地域だ。山のひとつかふたつ越えなければ巴にはやって来られないだろう。――怜路はひそりと、その情報を心の片隅に留め置いた。

怜路の勤め先は、市役所からはひとつ隣の通りにある。周囲にはせいぜい二、三階建ての古く小さなビルがごちゃごちゃと立ち並び、その一階テナントに居酒屋の類がひしめいているような場所だ。

怜路の勤め先も間口の狭い、カウンター席の他はテーブルがいくつか置かれているだけの縦長で小さな店である。女性や若者受けしそうな小洒落た雰囲気もなく、やって来るのは近所に勤める草臥《くたび》れた常連ばかりという、新規の客が入り辛い空間だった。

細長い店内の最奥に設《しつら》えられた鉄板のお守をしながら、時計を気にすること十分あまり。入り口の鈴がカランカランと音をたてた。いらっしゃい、と店長のだみ声が手前で響く。ヘラで転がしていたサイコロステーキを鉄板の端に寄せ、中まで火を通すため蓋を被せて怜路は顔を上げる。その先には、一斉に集まった常連客どもの視線にたじろいだ顔で、狭い通路に下宿人が立っていた。

「よォ、いらっしゃい。ココ座んな」

予約席の札を指して怜路は笑う。鞄を胸に抱えて小さくなった美郷が、おっかなびっくりやって来た。

「お疲れさん、ちゃんと仕事片付けて来たな」

市役所は存外、残業が多いらしい。無論部署にもよるのだろうが、美郷は早々に「ノー残業デー」以外に定時で帰ることは滅多になくなっているようだ。

「うん、片付けたっていうか……今日はちょっと限界だったから、置いて帰って来たよ」

少し俯き加減でぼそぼそ喋る様子に、怜路は「おや」と内心首を傾げる。普段から賑やかなタイプではないが、なにやら少々落ち込んでいるらしい。

「そいつァご苦労さん。ンな時ゃ飯の調達もメンドクセーからな。丁度いい、好きなモン食って帰れよ。俺の奢りだ、カネは気にすんな」

言いながら、怜路は用意していたウーロン茶を出した。ボンヤリと疲れた顔でメニュー表を眺めながら、「はあどうも」と美郷が虚《うつ》ろな返事を寄越《よこ》す。枝豆や浅漬けの盛り合わせ、冷奴など安い突き出しばかり頼む下宿人に、怜路は肉も食えと呆れながらオーダーを取った。

「ちょっと調子悪くて、ガッツリしたもの無理そうなんだ」

しょぼくれた様子でそうこぼす下宿人は、心身共に弱り果てているご様子だ。

「ああ、体の具合じゃしゃーねえが……ただ疲れてンだったら酒も入れちまえよ。今日は十時にゃ上がっから、それまで待っててりゃ乗せて帰ってやるぜ？」

精神的なものならば飲んで忘れるのも手だろう。明日の朝も送らなければならなくなるが、どうせ帰る道は同じなのだ。軽い気持ちでそう言った怜路に、美郷は不可解なモノを見る様子で顔を上げた。

「いや流石に、そこまでしてもらう訳には行かないよ」

そう言って背筋を伸ばす公務員殿と怜路では、恐らく生きてきた環境も価値観も大きく違う。十代の半ばには養父とも別れて身寄りのなかった怜路は、様々な他人と刹那的な「持ちつ持たれつ」を繰り返して生きて来た。

都合次第で雑にべったりと甘え、時には大して親しくもない相手のために骨を折り、見返りを大して求めない代わりに、自分にも薄情さを許す。そんな、深いようで浅い関係性を、狭く閉じた特殊な世界——都会の片隅で暮らす、個人営業の拝み屋たちの中で築いてきたのだ。

比べて、宮澤美郷という男はきっと安定した環境で、自立と責任について教育されてきたのだろう。言動の端々に現れる生真面目さや礼儀正しさ、怜路からすれば他人行儀とも言いたくなる堅苦しさにそう思う。

「堅ェこと言うなって。とりあえず焼き鳥のもも塩でいいか？　居酒屋来て精進食って帰ンじゃねーよ」

火の通ったサイコロステーキを皿に移して他の店員に渡し、怜路は勝手に塩だれのもも肉を焼き始める。焼き鳥と言って、鉄板焼き鳥なので串には刺さっていない。戸惑い気味の苦笑と共に、美郷が「ありがとう」と頷いた。

肉が焼け、脂の弾ける音が響く。しばらく無言で怜路の作業を見つめていた美郷が、不意にぽつりと問いを漏らした。

「ねえ、怜路はココにどれくらい勤めてるの？」

手慣れてるねえ、とヘラ捌《さば》きに感心している下宿人に、怜路は「どーも」と礼を返す。

「去年の夏くらいからだから……もうチョイで一年か」

深夜家にやって来るもののけが余りにうるさく、半ばそれから逃げるように深夜営業している居酒屋に勤め始めた。美郷が来て二か月と少々、すっかり平穏な夜に慣れてしまったが、元は深夜シフトばかり入れていたのだ。ちなみに、アルバイトをせずとも暮らせる程度の貯《たくわ》えと収入はある。

「で、飲みモンは？　帰る場所は一緒なんだから遠慮すんなって。キツい時ゃ酒飲んで愚痴ンのが一番だぜ。飲んで吐き出して潰れてろよ、拾って帰ってやっからさぁ」

「――……おれ、そんな酷い顔してるの？」

要らぬお節介かとは思いつつもしつこく酒を勧めると、力ない笑いを漏らして美郷が首を傾げた。

「飲みに来る奴の顔つきン中じゃ重症の部類だ。ああ、でも職場の悪口は気ィ付けろよ、常連にゃ市役所の人間も結構いるからな」

酔って悪口を言った相手が、後ろに座っていたのでは笑えない。そうおどける怜路に対し、しばし迷った様子で美郷が俯いた。再び顔を上げた美貌の下宿人は、へらりと笑って首を振る。

「いや、やっぱいいよ、おれ、大して酔わないんだ」

予想外の断り文句に、へぇ、と怜路は片方の口の端を上げた。この綺麗だが細くて頼りなさそうな青年を見て、酒豪と思う人間などなかなかいないだろう。

「随分、強ェ自信があンじゃねーの」

煽るように言うと、「まあね」と美郷が軽く目を細める。どうやら本気で自信がある様子に、面白い、と怜路も笑った。

「そいつぁいいや。今度お前さんの具合がいい時にでも飲み比べしようぜ」

チャキチャキとヘラで肉を転がしながら言った怜路に、「そうだねえ」と美郷が頷いた。

4．残り物と拾い物

ノートパソコンを閉じ、デスクの上を片付けた美郷は鞄を抱えて席を立った。

時計の短針は6と7の間をのろのろと進んでいる。梅雨明けまではまだ一、二週間かかりそうだが、今日は午後から晴れたようで窓の外はまだ「青空」だ。仕事の方は旧暦七月――盆へと向けて徐々に忙しさを増しているが、今日は皆早めに仕事に区切りがついたようだ。多くの席が既に空いていたし、残っている職員も世間話に興じている。

本日の話題は熊である。なんでも、巴の北に隣接する市の山中に、肉食を好む熊がうろついているらしい。ここ数か月、市の境辺りで食い荒らされた動物の死体がよく見つかるのだそうだ。

熊は雑食性の生き物で、既に死んだ動物の腐肉を漁ることはよくあるという。しかしどうも今回の熊は、アナグマなど生きた小型動物も捕食している様子で、人間も襲われかねないなどと論議は盛り上がっていた。

「ああ、宮澤君。お疲れさま」

帰り支度を整えた美郷に気付き、隣の席から辻本が声をかける。それに「お先に失礼します」と頭を下げて、美郷は事務室を後にした。

（晩……何食べようかな……）

家の冷蔵庫の中身を思い出しながら、古びて薄暗い階段を下りて外へ出る。すると近くの居酒屋の排気が、香ばしく焼いた肉の匂いを運んできた。思わず口の中に唾液が湧いて、美郷の足は大家の勤める居酒屋の方へ行きかける。

「……はっ。ダメだダメだ。今おれはそんな場合では……」

慌てて立ち止まり首を振った。

先月ほぼ強制的に招待されて以降、美郷は何度か怜路が世話をする鉄板の前に座っていた。

作らずとも座っていれば食べ物が出てきて、片付ける必要もない気楽さを思い出してしまえば、疲れた頭はなかなかその引力に逆らえない。それに、見た目に反して（と、ことある度に枕詞《まくらことば》をつけるのもそろそろ申し訳ないが）気の良い大家は、世話焼きな反面、あまり他人の事情に首を突っ込んでも来ない。彼に相手をしてもらいながら夕飯を食べるのは、とても良い気分転換になった。

――ただし、当たり前のことだが「楽」なことには対価が発生する。

チラリと鞄を開けて、美郷は財布の中身を確認する。まだ月初ゆえ、本来ならば金銭的には余裕があるはずだ。しかし、美郷は只今苦境の中にあった。ささやかな賞与は既に消耗品に化けた後、その他車関係の出費もあって、口座の残高はかなり厳しい額だ。到底、居酒屋飲食などという贅沢ができる状況ではない。

先日などは、財布が空なのをスッカリ忘れて暖簾《のれん》をくぐり、飲食代を大家に立て替えさせてしまった。狩野怜路は相手の遠慮や警戒心を解くのが非常に上手い。今まで友人と金銭の貸し借りなどしたことなどまるでなく、割り勘は一円単位が当たり前だと思っていた美郷が、生まれて初めてツケで飲み食いなどしてしまったのだ。

(こないだのツケは、来月の家賃と一緒に請求するとか言ってたな……)

来月の己に期待して、今日も食べに行ってしまおうか。

「うーーーん、やっぱ止めとこう……」

一瞬心が揺らいで爪先の方向を変えかけたが、とある現実を思い出して、そのまま駐車場の方へ歩き出す。

家賃、今月まだ払えてないんだよなあ。文字通り天を仰いでの呟きは、次第に色を濃くする空に溶けて消えた。

残り物には福がある。世間にはそんなことわざがある。しかし狩野怜路が知っているそれは、選択の余地なく残り物を掴《つか》まされた時、あるいは順番争いを諦める時に使われるものだ。もったいないから残っている物はとりあえず拾っておけ、という意地汚い話ではない。

拾い物は嫌いではないが、モノは選ぶべきだ。更に、邪魔となれば他人に押し付けるなど言語道断である。目の前に鎮座する物体——職場で押し付けられた「残り物」を忌々しく睨《にら》みながら、怜路はそんなことを考えていた。

「つーか、どんな感覚でンなモンが金になりそうだと思ったんだかなァ……」

場所は、巴市街地から車で二十分ほど離れた山間に建つ旧家の、現在は怜路のねぐらとなっている茶の間だ。周囲は漫画雑誌やごみだらけという、とっ散らかった部屋の万年床に胡座《あぐら》をかき、怜路は「残り物」を睨《ね》めつけていた。

正面のちゃぶ台の上にどんと居座って怜路を見つめ返しているのは、一抱えほどもある金ぴかの招き猫である。強欲に両手で客と福を招いているらしいそれは、あからさまに安っぽい塗装で、顔つきは悪意に満ち満ちていた。

「まあ、その辺りも含めて『悪いモノ』なんだろうね。相手の欲につけ込んでるんだし」

隣で怜路の持ち帰ったまかないを夜食につついているのは、公園で拾った美貌の貧乏公務員・宮澤美郷である。邪悪な招き猫を鑑賞しながらのんびり食事をする辺り、相変わらず闇に棲むモノへの耐性が高い。妖怪ビオトープも、たまに見かける限りでは順調そうだ。

なんのかんのと下宿し始めてから丸三か月が経ち、美郷もこの生活に慣れてきた様子である。呼べば存外付き合い良く部屋から出てくる男のため、二人で庭の手入れや飲み比べをしてみたり、こうして互いの部屋を行き来もするようになった。——ちなみに、飲み比べの決着はついていない。

「挙げ句、ようやくヤバいもんだと気付いた途端、タダで始末させようと押っ付けて来やがって……」

ぶつくさ言いながらも怜路が悪趣味な招き猫を持ち帰ったのは、断れない相手に押し付けられたからだ。突如降って湧いた、面倒な上に稼ぎにならず、しかも断れない依頼に怜路はサングラスをずらして眉間を押さえる。

「招き猫って確か、右手が福、左手が客を招いてるんだよね。金ピカだから金運招きなんだろうけど……なんでベロ出してんの？」

言いながら、美郷が興味深げに招き猫の鼻先をつついた。と、猫の目がギョロリと動く。

「うわぁ!?」

驚いた美郷が仰のく。布団の上でスマホをいじっていたところを連行してきたため、美郷は寝巻姿だ。何の拘りかは知らないが、パジャマやスウェットではなく、白い和装の「寝巻」である。夜の暗い廊下でウッカリ出くわすと怖い。

一日の終わりに突然降って湧いた理不尽への憤懣《ふんまん》を、一人抱えて寝るのが嫌だった怜路は、まだ離れの明かりが点いていたのをいいことに下宿人を巻き込んだ。こういう時に、謎多き下宿人殿は案外嫌な顔をしないのである。

「あー、動くぜソレ。車積んで帰って来る間もウルセーったら……」

居酒屋を上がる時に、店長によって無理矢理愛車に捻じ込まれた邪悪な招き猫は、帰宅中も後部座席で延々ガタゴトと物音を立てていた。

ちゃぶ台の端に頬杖をついた怜路はポケットを探り、気怠《けだる》げに煙草を銜える。何でも店長が破産した友人から、借金のカタにもらった物のひとつらしい。

「他は換金なり何なりできたらしいが、どーしてもコレだけ処分できないっつーか、店長から離れなかったらしくてな」

つまり憑《つ》かれてしまったわけだ。もしかしたら店長の友人も、コレのせいで破産したのかもしれない。

「だからっつって、こんなモン『プレゼント』だなんぞ抜かしやがってあのハゲ……」

怜路にとって居酒屋でのアルバイトは副収入。彼の本業は拝み屋である。店長はこのあからさまにヤバそうな物体を始末したいが、依頼料など払いたくない。おおかたそんな思惑で、怜路にこれを押し付けたのだろう。何とも強引だが、店内での営業活動を黙認してもらっている身では断りきれなかった。元依頼主などからの口コミで怜路を知った人間は、大抵があのカウンターにやって来るのだ。

「まあ、そういうケチな所がこのテのに好かれんだろうけどな」

そう悪態をつきながら怜路は煙草をふかす。煙草が嫌いらしい下宿人が、顔を顰めてわざとらしく煙を払う仕草をした。

「突っ返すのは無理にしろ、タダ働きで封じやら祓いやらすんのはゴメンだぜ」

封じや祓いに使う小道具もタダではない。力業で調伏するにしたところで、労力がもったいない。

「じゃあどうするつもりなの？　まさか粗大ごみに出すわけにもいかないでしょコレ」

懲りずに招き猫を検分しつつ、呆れた視線を美郷が寄越した。微妙な動き方をする化け招きが面白いらしい。うーん、と唸って怜路は天井を睨む。

「……めんどくせぇし売っ飛ばすかな」

世の中には呪い系アイテムを欲しがる物好きもいるし、この手のモノを「有効活用」するために買い取る輩《やから》も存在する。そういった連中のアンダーグラウンドマーケットに放り込んでしまえば、手間賃を差し引いても小遣い程度にはなるかもしれない。

「うわ、最低……お前もコレで儲《もう》けようとしてるんじゃん」

隣で呟く下宿人をひと睨みし、煙草のフィルタを噛んだ怜路は片頬を吊り上げて凄《すご》んだ。

「うるせぇ、ンなことよりテメェは早よ家賃払いやがれ。あんま滞納すっと体で払わすぞ」

気付けばお互い、だいぶ言葉も遠慮がなくなってきている。

そうだ、最悪コイツに始末させよう。怜路は思いついた名案に、心の中で手を打った。怜路が美郷に課している家賃は、光熱水費諸々込みで三万と破格だ。しかし、新生活の物入りや奨学金の返済、車のローンなどに給料が間に合わなかったらしい公務員殿は、入居三か月にして早速家賃を滞納していた。

田舎の役場に給料が高いというイメージはないが、それでもこの額を払えないのはいかがなものか。引っ越し当初、予定通りのアパートに入居できていても暮らしていけたのか怪しいレベルだ。

よしよし、それで行こう。己のプランに満足した怜路は、不満の声を上げる美郷を部屋に帰して万年床に寝転ぶ。夜でも屋内でも常時掛けているサングラスを外し、枕元のノートパソコンを立ち上げた怜路は、取引相手を探すため液晶画面を覗き込んだ。

——幸いにも首尾よく招き猫の引き取り手は決まり、そこそこの額を手に入れた怜路は機嫌よく一か月ほど過ごすことができた。

七月下旬、四度目の給与を受け取ったはずの美郷の前に、怜路は右手を突き出した。美郷はと言えば、怜路の目の前にちょこんと正座して肩を落としている。

「いい加減、今日こそは耳揃《そろ》えて払えやオラ」

結局、六月支給分の給与から七月家賃を払えなかった美郷に、七月給与の支給日当日、七月、八月のふた月分の家賃を下ろして帰るよう厳命したのだ。別段金に困っているわけではないが、あまり放って置いては示しがつかない。流石に蹴り出すとまでは言わないが、コレで駄目なら追加で労役を課すしかないだろう。

いつぞやと同じく美郷にとっては就寝前、怜路にとっては帰宅後すぐという時間。今回は美郷の寝間に押しかけて、怜路は延べられた布団の枕元にどっかり腰を下ろしていた。

「今日は絶ッ対ぇに口座から下ろして帰れつって連絡しといたろ」

ほら早く、と催促すると、渋々といった風情で美郷が鞄から封筒を取り出した。ATMの横に置かれている、現金を入れるためのアレだ。

「はい、とりあえず家賃ふた月分、六万円です。遅れてスミマセンデシタ……」

捧げ持つようにして渡された封筒をつまみ取り、怜路は中身を検分する。確かに万札が六枚入っていた。

「おし、コレでまあ勘弁してやるよ。延滞料は取らずにおいてやるから感謝しやがれ」

「あと、居酒屋の飲食代は金額確かめ忘れてて……」

斜め下辺りを見ながらゴニョゴニョ呟く下宿人に、そういえば、財布の中身を忘れて来たことがあったかと思い出す。

「ああ、居酒屋のツケはまあ、追々払ってもらうとするわ」

　重々しく頷いて立ち上がる。殊勝に「ありがとうございます」と頭を下げた美郷が、酷く落ち着かなげにソワソワと怜路を見上げた。

「あのさ、怜路」

　眉をハの字にした情けない表情で、申し訳なさそうに美郷が切り出す。

「ちょっとその、家賃払うために切り詰めたから……もし、夜中になんかあったらゴメン」

　意味不明の言葉に、怜路は片眉を上げて口元を曲げる。拍子に、サングラスがズレた視界の上部で、美郷の首元に一瞬「何か」が視えた。怜路の天狗眼でもはっきりとは視えない、美郷の身体の中に隠れているモノだ。最初に公園で美郷を見かけた時、偶然ソレも目に入った。

「――まあ、害がなきゃ別にいいぜ」

　単純に取り憑いているのではない。狐憑きなど、分かりやすいモノならばサングラスを外しただけではっきりと視える。巧妙に隠れるだけの力があるモノなのか、あるいは特殊な憑き方をしているのだろう。怜路の言葉に頷いた美郷が、更になにか物言いたげに、今度は怜路の背後を見遣った。怜路の向こうにあるのは木枠の引き戸、その奥は母屋と離れを繋ぐ廊下である。

「それと……なんか、またあの招き猫の気配がする気がするんだけど、なんで？」

怪訝《けげん》げに眉根を寄せたまま、困ったような笑顔で小首を傾げられる。

「…………訊くな」

怜路はただ一言、それだけ残して離れを後にした。


深夜。尿意で目を覚ました怜路は、眠気で重だるい体を引きずり起こして茶の間を出た。古く広い家ゆえに、寝起きしている部屋から便所は遠い。母屋の裏手にある、水回りばかり集めた別棟まで暗い廊下を歩かなければならないのだ。それでも、この類の農村古民家としては屋根付きの廊下があるだけマシではある。

裸電球がふたつみっつ吊るされただけの廊下を、ぺたりぺたりと歩く。板張りのひんやりとした床が上げる小さな軋みが、蛙も寝静まった丑三つ時によく響いた。

ごとり。

普段閉め切っている納戸の横を通りすがった時、襖《ふすま》の向こうで物音がした。

ちっ、と怜路は盛大に舌打ちする。このシチュエーションだからといって、怖いと思うほどウブではない。物音の主が何なのかも知っている。寝る前に、納戸に押し込んだばかりのヤツだ。

とりあえず用を足しに便所へ向かう。帰り際、再び通りかかった納戸の前で立ち止まり、怜路は忌々しげに呟いた。

「くそっ、やっぱそうそう上手くは行かねえモンだな」

引手に指を掛け、勢いよく襖を開ける。大して滑りは良くないため、ガタンと派手な音がした。

暗闇に沈む和室の中、無造作に転がしてあるのは、一か月前にも見た顔の招き猫だ。ただし、薄く光るソレの色は白である。悪意に満ち満ちた顔は変わらないが、いやらしくベロを出していた口元には「千客万来」の札を銜え、一応「別猫」の風情を装っている。だが、改めて確認せずとも怜路にはすぐに分かった。先日売り飛ばしたはずの金ぴか招き猫だ。

実はこの招き猫、今日出勤した店先に飾ってあったものだ。

一目見て、怜路の顔が引き攣ったのは言うまでもない。一体どうやって戻って来たのか知らないが、余程あの店長が気に入ったようだ。しかも、本当にただ白く塗られてベロを札に変えられただけなのに、店長はコレが元金ぴか招き猫だとは全く気付いていなかった。

（店長が誰かに恨まれて、わざと送り付けられてんのかとも思ったが……なーんかどうも単純に懐いて戻って来てンだよなァ……）

雑に封じ符を貼られて床に転がされたまま、ガタゴトと物音を立てる招き猫を怜路は胡《う》乱《ろん》な目で見遣る。放っておいて、店に何かあったら目も当てられないと慌てて回収して帰ったのだが、始末は面倒くさくて転がしてあるのだ。

店長とて、こんな可愛くもなければ福も客も呼ばない（代わりに恐らく貧乏と禍《わざわい》を呼ぶ）招き猫に懐かれても嬉しくないだろう。懐くと言えば聞こえは良いが、要するに「悪いモノに気に入られている」だけだ。

溜息を吐いた怜路は、寝癖で半端に跳ねる金髪を掻き回して踵を返した。こんな時に家が広いというのはありがたい。どれだけ騒がれても怜路の部屋までは聞こえてこないので、安眠を妨害される心配はないのだ。

まあ、明日以降に何とかしよう。呑気にそう考えて、襖を閉めようとした時だった。

ぎしり、と廊下の奥で重く床が軋んだ。

わずかに、裸電球の灯りが揺れる。

早瀬のように足元を冷気が流れ、突然のことに怜路はその場で固まった。

母屋裏手の廊下の奥で、みしみしと幽《かす》かな音が鳴り続ける。廊下の突き当たりは、下宿人の眠る離れに繋がっている。家鳴りは裸電球の光が届かぬ薄暗がりの奥から、徐々に近づいてきていた。

裸電球の灯が消えた。怜路の視界が真闇に染まる。先ほどまで騒いでいた招き猫も、ピタリと止まって気配を殺していた。

「オン　マリシエイ　ソワカ」

印を結んでそっと呟く。相手から己の存在を見えにくくする「隠形術」だ。そのまま足音を殺して、一歩、二歩と納戸の中へさがった。襖の陰に隠れるように場所を移す。

（つーか、これ。もしかして美郷君のペットのアレか……？）

とんでもないものが出てきた。到底、人間の中に隠れていられるサイズではない気がする。姿形なく空間を圧迫してくる気配に、怜路は息を呑む。何か飼っているのは分かっていたが、ここまで大きいとは思わなかった。害がないなら良いと言ったが、本当に大丈夫だろうか。

床板の悲鳴が廊下をにじり寄って来る。納戸の正面まで来たソレは、ぬるりと襖の間を抜けて部屋に入ってきた。

（白蛇精か）

淡く真珠色に光る大蛇を、怜路は唖然と凝視した。

直径が大人の太ももくらいはありそうな真白い蛇が、ちろちろと裂けた舌を覗かせながら怜路の横をすり抜ける。素通りされるということは、怜路を目指して来たわけではないらしい。隠形術は「己という存在を感知されにくくするための術」であり、既に狙いを定められた後では効きにくいのだ。

特に怜路を探すでもない大蛇の様子に、では一体何を、と視線を動かした先に、ごろりと転がる招き猫の姿があった。

あっ、と思い至る間もない。大蛇が鎌首をもたげ、次の瞬間招き猫に襲い掛かった。

ごっ、くん。

蛇は俊敏な動きで招き猫に喰い付き、一瞬で相手を口の中に収めてしまう。

招き猫を飲み込んだ頭の付け根と首辺りが不自然に太くなり、その膨らみが徐々に腹の方へ下がっていく。

蛇はしばらく動かず、招き猫を胃袋（があるのか知らないが）の中に落ち着けると、のっそりと方向転換を始めた。やはり怜路には全く関心を示さない。

一体、何分が過ぎたのか分からない。ようやく蛇の気配が廊下の向こうへ消えてから、怜路はやっと隠形の印を解いて納戸から出た。

「…………何っじゃありゃ!?」

呆然と正直な感想を述べる。しんと静まり返った廊下にはもう、蛇の気配も招き猫の邪気も残ってはいなかった。


翌朝、寝不足気味の怜路が惰眠を貪る茶の間へと、美郷が姿を現した。

「お、おはよう怜路……」

重たい頭を持ち上げて目をこする怜路を、半端に開いた茶の間入口の引き戸の陰から、美郷が窺っている。襟元の乱れた寝巻姿が、木枠の引き戸にはめ込まれた磨り硝子越しに半分覗いていた。

「おう」

枕元のサングラスを取り上げるのも面倒臭いので、そのまま起き上がって布団の上に胡坐をかく。美郷のはだけた首元に、何かがぞろりと這うのが視えた。

「えーと、昨日の夜、何か……」

だらだらと冷や汗を流しながら歯切れ悪く尋ねる美郷に、怜路はひとつ溜息を吐く。

「あー。アレだ。家賃ひと月分タダにしてやる。何ケチったのか知んねーけど、変なモン喰って腹壊すなって伝えとけ」

アッハイ、アリガトウゴザイマス。硬い声で礼を述べる美郷に、そういやあ、と怜路は尋ねた。

「お前、出身どこだったっけか」

退散しかけていた美郷が、ビクリと動きを止める。確か以前、島根だと言っていたか。

「……出雲です」

言い辛そうに答えた美郷に、ふうん、と怜路は頷く。

「出雲のでけえ一門っつったら、鳴神？」

鳴神家といえば神代から続くとされ、龍神を祖とする古い古い神道・陰陽道系の呪術家一門だ。呪術の世界では、この国でも有数の名門である。場末のチンピラ拝み屋である怜路でもその名くらいは知っていた。

「デス」

あれから、一晩かけて己の知識をひっくり返して出した仮説を怜路は検証していく。

「宮澤ってのは、何だ、分家筋とかか？　それとも……」

思わせぶりに片目を細めてみせると、観念したように美郷が引き戸を開いて、敷居の前に正座した。

「母親の姓です。父方の姓は『鳴神』……外腹なんだ」

「やっぱりなァ。山陰の陰陽道系って辺りで察するべきだったわ。お前が当主の長男坊、ってことだろ？　失踪だか死亡だかって噂されてたぜ」

しみじみ頷いて腕を組んだ怜路の前で、正座の美郷がカチンコチンに固まっている。断罪を待つようなその様子に、怜路はひとつ呆れの溜息を吐いた。

「別に、ンな理由で叩き出しゃしねーよ。これ以上、家賃滞納すりゃあ考えるけどな」

鳴神家の庶子長男といえば、当時東京にいた怜路の耳にまで届いた、数年前の有名人だ。思い返せば色々とヒントがあったのに、今まで思い至らなかったのは「こんな奴」だとは想像していなかったせいもある。

怜路の出会った「宮澤美郷」は多少ボケっとしていて、へらへらと頼りなげに笑う人畜無害そうな青年だ。しかし噂に聞こえた「鳴神の長男」の人物イメージは、全く異なったものだった。

「スミマセン」

ションボリと小さくなっている貧乏公務員を眺めてひとつ欠伸をし、寝癖頭を掻き回した怜路はしっしし、と犬猫を追い払うように手を振った。

「謝るこっちゃねーさ。こっちも元々何も訊いてねーんだし。おら、それよりそろそろ着替えねぇと遅刻すんじゃねーの？」

怜路の言葉に、戸惑い気味の様子で立ち上がった美郷が引き戸を閉める。それを見届けて、怜路は再び寝転んで布団を被りなおした。窓は北側なのでそう眩しくもないのだが、二度寝にはちゅぴんちゅぴんと雀《すずめ》がうるさい。

怜路も随分、妙な「拾い物」をしてしまったものだ。だがまあ結果的に、招き猫の始末はせずに済んだので良しとしよう。

美郷が何か飼っているのは元から分かっていたし、実はソレが虫除けか目くらましにならないかと期待した面もあった。

「アレが『鳴神の蛇喰い』ねぇ……人は見た目によらねぇな。まあ、害がねーなら別に、蛇だろうが蜘蛛だろうが構やしねーけど」

呟いて、怜路は緑銀色の天狗眼を閉じた。

5. 憧

理不尽な選択肢だったとはいえ、選んだのは美郷自身だ。

蛇に喰い殺されて終わるのか。蛇を喰ってでも生きるのか。

生きることを選んだことに、悔いはない。

それでも、もし「あんなこと」がなければ。

「もし、お前がいなければ……おれはもう少し、楽に生きられたかな」

朝、背中の符を剥がしながら呟く。伸ばす指先に触れるのは、淡い硬さの角質だ。

人肌の温度をした蛇の鱗を、美郷は撫ぜる。

——詮無いことと分かっていて、つい漏らした言葉。それが、事件を引き寄せる「呪」となったのかもしれない。


「熱ッ!!」

ばちん、と派手な音が立って、目の前の青年が飛びのいた。フル稼働を続けるエアコンの冷風が、青年の取り落としたプリントを攫う。外壁がどれだけ真夏の炎天に焦がされていようと、資料館の中は一定温度を維持しなければならない。

こぢんまりとした資料室の床に、青年が片膝をつく。

「すみません！　大丈夫ですか⁉」

藤井香菜は慌てて彼を覗き込んだ。半袖ポロシャツから出た前腕を押さえてうずくまった青年が、痛みをこらえた声で「はい、」と頷く。明らかに大丈夫ではないが、何が起きたのか藤井にも分からない。ストッキングの膝を床につき、藤井は青年へぶちまけてしまった和綴じの古書を拾いながら、相手の様子を窺い見た。

音からして、静電気だろうか。拾う本の中に、固いものや鋭いものは挟まっていそうにない。困惑する藤井の前で、何とか痛みをしのいだらしい、変わった髪型の青年——宮澤がへにゃりと笑った。

「大丈夫です、すみません。ちょっとびっくりしただけです」

二十代前半の、温和に整った顔立ちの青年が立ち上がる。彼はここ、巴市歴史民俗資料館に、市役所から派遣された手伝い人だった。藤井はここの新米学芸員で、現在新たに寄贈された資料の整理中だ。

古くは縄文時代から人の住んでいた痕跡がある巴市は、古墳群の宝庫である。なだらかな丘陵一帯を古墳群が埋め尽くす地区は国の史跡に認定されており、公園として整備され資料館が建っていた。

「あ、こっちの重い箱、おれが運びますね。向こうの棚でいいですか？」

何事もなかったように作業を再開する宮澤に曖昧に頷き、藤井も宮澤めがけてばら撒いてしまった薄い書籍を拾い終えて立ち上がった。内容は縄文時代から江戸時代まで、様々な民間呪術を集めた研究書だ。熱心な民間研究者だった故人の遺品を、親族から寄贈されたのである。

（正直、何を手伝いに来たのかよくわかんないけど……）

今のところ、重い物を運ぶ以外の仕事はしてもらっていない。派遣元が市の文化財を扱っている教育委員会ではなく、「特殊自然災害係」なるよく分からない部門なのも謎だ。宮澤の、公務員としては風変わり過ぎる髪型も相まって、藤井は思わず上司に「本物なのか」と訊いてしまった。

上司は彼が何者なのか知っているようで、しかし「きっとすぐにわかる。自分で知るのが一番だ」とだけ言って逃げてしまった。

まあいいか、と藤井はひとつ息を吐き、宮澤が落とした資料整理の手順書プリントと本を拾って立ち上がった。

【憧《あくが》れる】　理想とする物事や人物に、思い焦がれること。または、心や体があるべき所から離れて彷徨うこと。

＊　＊　＊

炎天下の中を歩く。

ぬるい風が顔を撫でた。

見渡す限り、夏草が生い茂っている。否、あれは青田か。

景色全てが白けるような真夏の太陽の下、鮮烈な緑が熱風に揺れていた。

歩く足元は雑草に食い散らかされたアスファルト。人影は全くない。

車も通らない田舎の県道、周囲は一面の緑。

低くなだらかな山のふもとで、生活感の滲み出る家々が、灼熱《しゃくねつ》の下で息をひそめている。

無音だ。そう思って、いやと首を振る。周囲は音に満ちている。

聴覚を塗り潰すように、幾重にも蝉が夏を謳《うた》っている。

遠く川の流れる音が聞こえる。

梢のざわめき、遠い上空から響く重低音。

ぽつんと立ち尽くす己を覆い尽くすように、音が空間に満ち満ちている。溢《あふ》れ切った音はホワイトノイズと化して、何の意味も為さなくなっていた。

白い、白い、眩しい世界。

人影はない。ふらりと一歩足を踏み出した。夏の日差しが真上から照り付けている。足元に濃い影が落ちる。白いガードレールが青草に埋もれていた。

街路樹らしき百日紅《さるすべり》が、薄紅色の花を揺らしている。

鮮烈過ぎてモノクロームに見える世界は、空虚な真夏の寂寥感《せきりょうかん》を漂わせている。

向かう先も分からないまま、歩き始めた。

今歩いている場所がどこなのかも、はっきりと思い出せない。見覚えのあるような気も、ないような気もする。巴市内のどこにでもありそうな田園風景だ。ただ、歩いていてぼんやりとした違和感に襲われる。何だろう、と周囲に首を巡らせた。

田も畦《あぜ》も判然としないような青草の海の中、民家が点在している。つい数年前に建てたような二世帯住宅もあれば、茅葺の古い屋根にトタンをかぶせたような家もある。視界の端にはまるっきりの茅葺屋根も見えた。

ボロボロに崩れて溶け落ちた廃屋、今にも勝手口を開けて住人が出てきそうな家。傍らでは白い軽自動車が雑草に埋もれていた。

獣道もないような夏草の波間に、忽然《こつぜん》と古びた民家が建っている。ガラス一枚使っていなさそうな古い古い家だ。今時こんな古民家があるのか、と感心しながらその脇を過ぎる。

（どこへ行くんだっけ……）


肌を焦がす日差しの下、――はのろのろと歩を進めていた。

＊　＊　＊

じっとりと体中が湿っている。

布団と自分の間に籠る熱が不快で、美郷はひとつ寝返りを打った。

こめかみや喉を汗が伝う。

頭が痛い。体が重い。ぐらぐらと平衡感覚が定まらない。

布団の中もいい加減飽きたし不快指数が高いので起きていたいが、体を起こすと吐き気がする。

外ではゲコゲコと蛙が鳴いている。

下宿している部屋にエアコンはない。だが中庭に面した掃き出し窓には、幸い網戸が付いている。中庭の池の水で冷やされた外気と、安い扇風機の風だけが頼りだ。

灯りを落とした和室の布団の上で、美郷は薄い夏蒲団を羽交い絞めにした。

(夏風邪……熱中症……何だろう、とりあえずしんどい…………喉渇いた)

ずるずると体を引きずり起こして、枕元の二リットルペットボトルを掴む。ケース買いしてあるミネラルウオーターだ。キャップを開けて、直接喉に流し込んだ。残り四分の一程度だったミネラルウオーターのボトルは一瞬で空になる。

キャップを閉めて布団の傍らに放った。周囲には、他にも五、六本の空ペットボトルが散乱している。我ながら、いつの間にこんなに飲んだのか。

(暑い……夏なんて嫌いだ……)

食欲はどこかへ消えたので、仕事から帰ると布団の上に直行した。早く気絶してしまいたい。しかし眠気はやって来ない。

体と寝巻の隙間を汗が伝う。苛々と溜息を吐いて、美郷は再び体を横たえた。

「ああ、これは岩笛《いわぶえ》ですね。これは三鈷杵。櫛《くし》は魔除けに使われるんで、こいつはその関係かな」

藤井の目の前で開けられた段ボールから、いかにも曰くありげな古物が次々と出てくる。白い手袋をはめて、ひとつひとつそれらを確認した宮澤が、手際よく仕分けを進めていた。なるほど、彼がしてくれる手伝いはこれだったのだ。呪具の類ばかりである寄贈物を分類・整理するための専門知識を持っているらしい。

「こっちの仕分けと梱包は僕がやりますんで、藤井さんは目録の方をお願いします」

てきぱきと指示してくる彼の右腕には、黒いサポーターがあった。何だろう、と視界の端で気にしつつ、藤井はノートパソコンで収蔵品の目録を作っていく。

(昨日、本がぶつかったところかな……)

ハードカバーの事典ならともかく、たかだか和綴じ本ごときで負傷するはずもない。思いながらも、あの物凄い破裂音が脳裏によみがえる。昨日見た限りでは怪我もしていない様子だったが、家に帰ってから悪化したのだろうか。

「……どうか、しましたか？」

あ、休憩でもしましょうか。戸惑い気味の声が藤井にかけられる。はっと我に返ると、仕分けの手を止めた宮澤が藤井の様子を窺っていた。どうやら藤井は、宮澤の腕を凝視していたらしい。

「そう、ですね……ちょうど三時ですし」

壁掛け時計を見上げて藤井は頷いた。微妙な雰囲気をかき消すように、急いで席を立つ。

収蔵品を汚してはいけないので、休憩は別室だ。はい、と、まだ戸惑った風の宮澤が後に続く。

「——腕、どうかされたんですか？」

気になるものは気になる、と覚悟を決め、藤井は後ろを歩く宮澤に問いかけた。

「えっ、ああ、これは……ちょっと火傷《やけど》しちゃいまして」

へらりと誤魔化すように笑って、宮澤がサポーターをはめた右手前腕をさする。火傷ですか、と藤井は復唱した。

「ええ、夕飯作ってたら油が散っちゃって。大したことないんですけど、範囲が広くて……絆創膏《ばんそうこう》じゃカバーしきれないけど、包帯って目立つじゃないですか」

だから黒のサポーターで、包帯の上を覆っているらしい。確かにあの白は目に痛いな、と頷いて、藤井は給湯室兼休憩室のドアを開けた。


腕にはめていたサポーターを外すと、不器用に巻かれた包帯が汗で湿っていた。

仕方がない。片手で包帯を操れるほど怪我に慣れていないのだ。溜息と共に包帯を外し、美郷は洗濯カゴに放り入れた。軽く軟膏を塗っただけの患部が露《あら》わになる。

「何が書いてあるんだかなあ」

薄暗い脱衣場で、美郷は蚯蚓《みみず》腫《ば》れの這う己の右腕を見下ろした。

昨日、何かの呪術書と接触した右腕の外側に、赤く呪字が浮き出ている。角が潰れて不明瞭な文字は、呪術の心得がある美郷でも読めない。接触したその時は派手な静電気がたっただけに思えたが、今朝起きてみるとこの状態になっていた。昨晩、やたら魘《うな》されて寝苦しかったのもコレのせいかもしれない。

蚯蚓腫れが引き攣って痛い以外、体に異常も出ていない。火傷のような状態なので、二、三日で腫れが退けばそれで良しにするつもりだった。

大家である怜路と共用している風呂桶は空だ。湯につかるのも億劫なので、手早くシャワーを浴びようと美郷は服を脱ぐ。時刻はまだ六時台で、窓が日陰にある脱衣場は薄暗いが、大きな出窓のある浴室は十分に明るい。

仕事着であるグレーのポロシャツと、アンダーのタンクトップを脱ぎ捨てる。下も脱いで浴室へ向かおうとして、洗面台の鏡に映る己に違和感を覚えた。

「あれっ……？」

鏡には、少し上体を捻った美郷の背中が映っている。

何の代わり映えもしない、自分の背中だ。特別貧相でもなければ、逞《たくま》しくもない。なんの特徴もない己の背中が、突然、全く未知の存在に感じられた。

（……誰だ、これ）

真っ先に浮かんだ疑問は、意味不明のものだった。

鏡に向き直り、美郷は左右逆さまの世界を覗き込む。

映るのは、見慣れた自分の顔だ。いつも鏡越しに見ている「宮澤美郷」がいる。

(何だろ……この感じ)

鏡の中から、知らない人間がこちらを見ている。

自分と同じ顔をした、だが、美郷の知る「美郷」ではない「誰か」が。

どくり、と大きく鼓動が跳ねた。

自分はここに居る。心臓が存在を主張しているようだ。

腕を突いていた、洗面台の縁《へり》を掴む。背筋を冷たいものが駆け上った。

「とりあえず、さっぱりしてこようか……」

裸で突っ立っていても不毛だ。言いようのない不安を誤魔化すため、美郷はそそくさと風呂場に入った。

＊　＊　＊

胴にぽっかりと穴をあけた、奇怪な姿の巨石が立っている。

角のとれた曲線的なシルエットは、何かの石碑を思わせる。その中ほどが、歪な形に抉《えぐ》り取られていた。

（なんだ、あれ……）

相変わらず、真夏の炎天下を彷徨っている。

県道は、交差点も信号もない一本道がぐねぐねと続いている。両脇に広がるのは青草の海と民家、それから遠く、低い山が世界を囲んでいた。

日差しを遮るものが何ひとつない、真っ青な空が頭上に蓋をしている。鳥の一羽も飛んでない。相変わらず、辺りには音が充満して沈黙を醸し出していた。

ここがどこなのか。なぜここにいるのか。どこへ行こうとしているのか。

なにひとつ思い出せないまま、歩く。

どれくらい歩いているのか分からない。

ほんの数分のような気もするし、もう何時間も歩いている気もする。もう丸一日以上、彷徨っているような気すらしてきた。

肌を焦がす日差しは相変わらずで、足元の影は濃く小さくわだかまっている。

（暑い。のど渇いた……）

時折、車が追い越していく。それより他に、動き回るモノはいない。

（帰りたい。ここは嫌だ）

苦しいし、さびしい。えも言われぬ悲しさと共に、ノロノロと体を引きずって歩く。知らず俯いて、アスファルトばかり睨んでいた視線を上げると、前方にこんもりとした小山が見えた。ひたすらに平坦な草の海の中。お椀を伏せたような丸い小山の脇から、ぽつりと一本、柿の木が生えている。

雑草ひしめく緑の小山は、大きくカーブする県道の脇に「鎮座」していた。

（あれ、知ってる……古墳、だっけ）

ようやく見覚えのあるモノを目にし、少し心が浮上した。「帰れる」と一瞬喜び、しかし次の瞬間立ち止まる。

（どこに帰るんだっけ）

あの小山より向こう側だった気がする。

（ちがう。あっちじゃない）

なぜか確信した。あちらに——はいない。

（どこ。どこに帰ればいいんだっけ）

確かに、あの小山の向こう側にいたはずだ。どうしてこんな場所を歩いているのかは忘れてしまった。こんな場所は嫌いだ。夏なんて嫌いなのだ。帰りたい。

「帰れない……。待っててくれなかったから……」

どこに帰れば良いのか分からなくなった。否、そもそも——。

「おれ、誰だっけ」

両の手を見下ろす。自分はこんな形をしていただろうか。この形は知っている。この両手も、体も、声も知っている。毎朝丁寧に梳《くしけず》られている、長い髪も。

だが、果たしてそれは「自分のもの」だっただろうか？

呆然と、『美郷』は焼けたアスファルトの上にへたり込んだ。

＊　＊　＊

『ふえをふいておやりよ』

寝苦しい夜、障子の向こうで何かが囁く。

そんなものは持っていない。夢うつつで首を振った美郷の脳裏に、仕事中に手にした呪具が思い浮かんだ。

（でも、一体何のために……）

理由を、知っている気がする。何かが胸につかえているような、もやもやとした不快感があった。ぎゅっと目を瞑《つぶ》って記憶をまさぐっても、正体は掴めない。

何かを忘れている気がする。何なのかは思い出せない。

思い出せないのか、それとも思い出したくないのか。

美郷の意識は闇に沈んだ。

「あれっ？　宮澤さん？」

昨日まで資料整理の手伝いに来ていた青年が、人気のない展示室に立っていた。

藤井の呼びかけに、青年は答えない。藤井に気付いていないらしく、じっと何かの展示を見つめていた。

「あのー、大丈夫ですか？」

昨日よりも幾分顔が白い。近付いて再度声をかけると、派手に驚いて宮澤が飛びのいた。

「うわっ!?　──あ、すみません……。ぼーっとしちゃってて」

「いえ、別にいいですけど……。なに見てたんですか？」

宮澤が立っているのは、年代別の土器を並べたコーナーだ。縄文時代前期、後期、弥生時代と変遷する土器が、実物や模造品、写真などで展示されている。その中でも一際存在感を示す、縄文土器が宮澤の正面にはあった。燃え上がる炎のようにも見え、とぐろを巻く蛇の象徴とも言われる、奇怪な装飾が目を惹《ひ》く。

「あ、えーと……なんだったっけ……」

慌てて展示ケースに視線を戻す宮澤は、どうやらただここに突っ立っていただけらしい。

大丈夫か、この人。藤井はそう眉根を寄せた。体調不良か、それとも先日整理した「呪具」の類にやられたのか。益体もない発想に至るのは、相変わらず彼の右腕にサポーターがあるからだ。黒い薄手のサポーターは不自然に凹凸を作り、縁からは白く包帯の端がはみ出している。

「やだ、ほんと大丈夫ですか？　熱とかないですよね？」

この場で倒れられたらたまらない。

とりあえず、座らせて水分をとらせよう。藤井は宮澤を職員用の給湯室へ連れて行った。

暑い。

自分の唸り声で、浅い眠りから目覚めた。

先日から、うとうとと微睡《まどろ》んでは同じ悪夢の続きを見ている気がする。白く寂莫《せきばく》とした、灼熱の悪夢だ。

二リットルボトルを一本、一気に飲み干して美郷は布団の上にひっくり返った。

辺りには、同じミネラルウオーターのボトルが十数本散乱している。

いっそのこと水風呂にでも浸かってくればよかったと、すっかり日が暮れた寝室で後悔する。昨日、背中に違和感を覚えて以来、なんとなく鏡が恐ろしくて脱衣場にも浴室にも長居できなかった。

掃き出し窓に面する中庭では、蛙が忙しなく恋を歌っている。

ぶぉん、と母屋の向こうで、車のエンジン音が響いた。蛙の声が一瞬止まる。家の前の坂道を、怜路の車が上る音だ。しばらく経って、車のドアを閉める音、砂利を噛む足音、玄関を開ける音、と徐々に怜路の気配が近づいて来る。

「おおい、もう寝てんの？　最近早くね？」

無遠慮に引き戸を開けて、怜路が美郷の寝ている和室を覗き込んだ。廊下を照らす裸電球の明かりが室内に差し込む。

「って、オイなんじゃこりゃ!?」

床を埋める勢いのペットボトルを見回して、怜路が顔を引き攣らせる。その様子をぐったりと見上げ、美郷は曖昧に返事をした。

「暑くて……」

元々暑いのは得手ではなかった。特に、大学入学の年からはっきりと「苦手」に変わったが、ここまで酷かったことは記憶にない。湿った布団の上に這いつくばって唸る美郷を、珍妙なものを見る目で怜路が見下ろす。

「夏バテにしても限度があるぞお前……つか、その腕どうした」

蚯蚓腫れは相変わらずどころか、範囲を拡大しつつある。巻き方の下手くそな包帯が、寝返りを打っている間にほどけたらしい。ペットボトルを避けて部屋に入った怜路が美郷の傍らにしゃがみ込み、和風ペンダントライトのスイッチ紐《ひも》を引いた。

ぱっと蛍光灯が点り、眩しさに美郷は腕で目元を庇う。その手首を取られて、腕の蚯蚓腫れをじっくり検分された。負傷のなりゆきを説明したところ、怜路はなるほどねェ、と頷く。

「調伏系っぽいが、ヒデェ火傷だ。お前、こんなんなっちまうのか……難儀だなァ」

呆れたように鼻を鳴らした怜路が、美郷を解放して胡坐をかく。調伏系、と美郷は口の中だけで繰り返した。降魔調伏の呪で火傷を負ってしまうとは、まるで人ではないようだ。

「おれ、妖魔の類じゃないんだけど」

怜路に言っても仕方がないが、つい不服を口にする。「あん？」と片眉を上げた怜路が、微妙な顔をして小さく言いさした。

「そりゃまあそうだが、オメーには……」

『ふえをふいておやりよ』

――不意に、外からひそひそ声が耳に届いた。

中庭の奥から、こそこそと囁き合うような会話が聞こえる。

『よんでおやり』

『ふえがいい』

『ふえでよべばかえってくるよ』

昨夜も同じようなことを言っていたな、と美郷はぼんやり思い返す。

「……相変わらず居やがんな。つーか、三日四日前から増えてねえか……？」

やれやれ、ちゃんとデカいのは追い払えよ。障子の向こうをひと睨みし、悪態をついた怜路が美郷に視線を戻した。

「一体何を呼べって――ん？」

少しズレたサングラスの向こうで、緑銀の眼が見開かれる。

「…………おい、美郷。お前、ペットどこに捨てて来た？」

道理で変な気配が増えてやがる。呆れ声の呟きに、頭の付いて行かない美郷はのろりと首を傾げた。ペットなんて、飼っていた覚えはない。そう答えると、より一層複雑そうな顔で怜路が口元を曲げる。

「ああ、でもそう言えば……」

今日、資料館で岩笛を借りてきた。理由は、全く覚えていない。藤井という女性学芸員から借りたのだが、どんな会話をしたかすら既に曖昧だ。ここ数日はずっと白昼夢の中にいるようで、記憶も酷くぼやけていた。

「笛。コレでいいかな」

のろのろと、通勤鞄から岩笛を取り出す。ちりちりと右腕が痛んだ。

「まあ、もってこいじゃねーの？」

火の点いていない煙草を口に銜えた怜路が、軽く肩を竦《すく》める。何故喫わないのか問えば、「煙草嫌いだろ、帰って来ないかもしんねーじゃん」と言われた。結局まだ、笛で何を呼ぶのか美郷は分かっていない。

いいから吹いてみろよ、と怜路がとけしかける。どこか面白がっている様子に納得がいかない。躊躇《ためら》っていると、「多分ソイツで、夏バテも楽になると思うぜ」と更に促された。

「お前がアレを『要らねぇ』つーんなら、このまんま捨てちまってもいいのかもしんねーけどな。ただまあこの様子じゃ、お前自身もタダじゃ済まなそうだ」

サングラスが蛍光灯の光輪を映し、笑む怜路の目元は見えない。

迷った挙句、美郷は岩笛に唇を付けた。静かに息を吹き出す。

ひゅうぅ、と、夏の湿った夜気が震えた。

寒々しく震える音が、熱帯夜を支配する。

右腕が熱い。灼《や》ける感覚に岩笛を取り落とし、左手で蚯蚓腫れの上を掴む。

じくじくと痛む呪字が、近寄って来る何かを拒絶していた。

(おれはだれ)

問いが心の中で響く。

(ここはどこ)

自分の立っている場所が室内と屋外、二重にぶれる。

（『おれ』はどこ）

探す気配に手を伸ばした。

（ここにいるのは、だれ）

ざわり、と庭木が震えた。

――みつけた。呼んでくれた。『おれ』はここだよ。


喜びと安堵《あんど》が混じる気配に、美郷は知らず口元を緩める。

「おかえり」

寝巻の下に指を滑らせ、左の肩甲骨をそっと撫ぜる。ざらりと指先に触れる角質があった。


『帰って来れた』という安堵感と共に。

蛇の鱗の上に、今夜も美郷は封じの符を貼る。

6．蛇喰い

　定時のチャイムが館内に響くと、特自災害の事務室は、職員たちが仕事を仕舞う音と和やかな空気で満たされる。

　辻本はのんびりとデスクを片付けながら、束の間の平穏を味わっていた。盂蘭盆《うらぼん》が過ぎて夏の祭祀が落ち着き、秋の収穫祭準備が始まるまでの貴重な期間である。ちらほらと鞄を抱えた職員が頭を下げて帰って行く中、一般事務のベテラン女性職員、朝賀《あさか》が声を上げた。

「ねえ誰か、課長のお土産持って帰りんさいや。期限も近いし、いつまでぇもあったら課長が気を悪うしてよ」

　特自災害六年目と、一般事務員としては最も古株の彼女が指差す先には、課長の出張土産の饅頭《まんじゅう》がある。専門職員がどうしても男性に偏るためか、特自災害には女性職員が少ない。それればかりが原因でもないだろうが、置かれて一週間は経とうかという箱の中身は、半分も減っていなかった。

特自災害係の上に立つのは危機管理課長だが、防犯防災係と特殊自然災害係の一課二係である危機管理課の課長席は、この部屋にはない。特殊自然災害《もののけトラブル》に関してド素人である課長は、係長の芳田に判断を全て丸投げして滅多にここを訪れない人物だ。

「宮澤くん！　持って帰りんさい!!」

頭を下げて帰ろうとしていた新人君が朝賀に捕まる。鋭い命令に肩を揺らした青年がそろりと振り返った。

「えっ、いやあの、僕は……」

いかにも断るのが苦手そうな気弱な口調で、新人君が辞退を試みる。まあ、それで逃してもらえるはずもないよなあ、と辻本はのんびり様子を見ていた。案の定、問答無用とばかりに朝賀は新人君――宮澤美郷の手のひらに饅頭を積み上げる。

「いやもうほんとに……おれ、甘い物あんまり………」

心底困っている様子の宮澤を気にも留めず、朝賀は大きな声で笑った。

「なにを言いよるんね、アンタぁそがな細い体ァして、一人暮らしでちゃんと食べよーるん!?　ちぃと痩せたじゃろう。甘いもんでも食うて、もうちぃと太りんちゃい！」

実際、宮澤は夏バテでもしたのか、もとより細身の体が更に痩せたように見える。しかし、彼の配属以来ずっと直《じか》に仕事を教えてきた辻本は、宮澤が本当に甘いものを食べられないのも知っていた。さすがに気の毒なので、助け舟を出すことにする。

「朝賀さん、半分は僕が持って帰るんで、それくらいにしてあげてください」

宮澤の隣に立って手を差し出す。顔を上げた宮澤が、救世主を拝む表情で辻本を見た。辻本の場合、家に帰れば男児が三人待っている。餡子嫌いはいなかったはずなので、よいおやつになるだろう。

「それなら辻本さんも、子供さんのおやつにしんさい」

宮澤の手の上に盛られていた小ぶりな饅頭が、半分辻本の手に移動する。ありがとうございます、とひとつ笑って、辻本は饅頭を鞄に放り込んだ。

「辻本さん、ありがとうございます」

饅頭の嵐が去った後、宮澤が小さく言って頭を下げた。

「いやいや、僕も欲しかっただけじゃけぇ」

直接指導する辻本にとって、宮澤は可愛い後輩である。辻本自身、すでに三十も半ばを越えているが、部署の中ではようやくこれで下から三番目だ。年下は今まで一般事務職員だけで、専門職員としては長らく「一番下」だった辻本にとって、素直で真面目で飲み込みの早い後輩は目を掛けてやりたい存在だった。

「けど、ほんまに夏バテが酷いようなら無理はしんさんなよ。今はちょっと楽な時期じゃし、夏期休なり、ほんまにいけんようなら病休なり取ってしっかり休みんさい。まだ夏季休暇も取っとらんかったじゃろ？」

田舎の市役所は、決して高給ではないし仕事も楽ではないが、休暇制度だけは法律に則り充実している。まず行政の制度がブラックでは民間を指導できない、という理屈と、職員である前に一人の市民として、市民活動に参加することを奨励されているからだ。学校行事や地域行事への参加は暗黙の義務であるため、比較的気軽に年次有給休暇を申請できる雰囲気があった。

加えて、カレンダーに「祝日」として存在しない盆休みがない代わりに、七月から九月の間で任意に取れる三日間の夏季休暇もある。特自災害も七月から盆にかけては繁忙期であるため、盆を越したこの時期に夏季休暇をとる職員は多い。

避暑に出掛けてリフレッシュできるならそれでも良いし、本当に体調が悪いなら病気休暇を取って、適切に休んで整えるのも仕事のうちだ。

「ありがとうございます。そんな大したことじゃないんで……それじゃ、お疲れ様でした」

ぺこりと頭を下げて宮澤が事務室を出る。言葉とは裏腹の、重い足取りに辻本は眉根を寄せた。振り向けば事務室に残るのは辻本と係長の芳田だけで、こちらを見ていた芳田とばっちり目が合った。

「――どうもいけませんなァ」

係長席から様子を見ていたらしい芳田が、背もたれに体を預けて嘆いた。

「なんか、無理をしとってですよね」

辻本もそれに同意する。宮澤は、辻本以来久々に入った「専門職員」だ。それも、浄土真宗系の僧侶で限られた術しか使えない辻本と違い、神道系を中心に様々な系統の呪術を既に習得しているエリートである。大学は神道系の出身ながら、密教真言や陰陽道系の呪術も扱える稀有《けう》な人材だ。

それだけにかける期待は大きいし、間違っても潰すわけには行かない。特殊自然災害係の将来を担ってもらうべき若者なのだ。

「係長は、何か原因を知っとってですか？」

「いや……単なる夏バテにしちゃあ、ちぃとしんどげなですが。辻本君はなんぞ聞いとってんなァですか」

「いえ……。けど、ちょっと前に、民俗資料館の手伝いに行ってもらった時に熱中症になったとかで、思えばそれからあんまり元気がないですねぇ」

先日巴市内にある県立の民俗資料館が、大量の呪具・呪術文献を寄贈された。それらの分類や封じの処置のために、数日間宮澤に出向してもらったのだ。

「ははあ。あん時ですか……言われてみりゃあそうかもしれませんなァ」

思い当たる節があったのだろう。芳田は何度か頷きながら顎をさすった。

「――それならありゃァ、単なる熱中症じゃあなかったんかもしれませんな」

思案げに腕を組んだ芳田に、辻本は首を傾げる。

「というと？」

「辻本君は、宮澤君の出身地を知っとってですか」

「広島市内と聞いたことがありますが……高校は北広島で、寮に入っとっちゃったんでしょう？　大学はたしか――」

断片的に聞いてきた情報を、手繰り寄せながら連ねる辻本に、顔を上げた芳田が苦笑した。

「ははあ、なるほど。上手いことを言うとってですな」

「……どういう意味です？」

更に困惑を深めた辻本に、芳田が「ちょっと時間をえぇですか」と自分の隣の椅子を引いた。頷いた辻本は勧められた椅子に座る。事務机に両肘をつき、組んだ手の上に顎を乗せた芳田が、遠く視線を投げて話を始めた。

「私もはじめは知らんかったんですが……辻本君には、これからも宮澤君を指導してもらうことになりましょうし、多少知っとられた方がエエでしょう」

芳田の視線を追って窓の外を見遣る。まだ定時に日が暮れているような時期ではないが、秋の彼岸に向けて日ごとに夕暮れは早くなっている。外に出れば夏の終わりの蝉たちが、最後の歌を響かせているだろう。

芳田の改まった口ぶりに、辻本は居住まいを正した。椅子の軋む音で身じろぎに気付いたらしい芳田が、ふう、と苦笑気味に息を吐いて辻本を見遣る。

「辻本君は出雲の鳴神家の、ご長男の話を聞いたことがあってですか」

鳴神家、と辻本は口の中で復唱する。その名は辻本ら、呪術者の間では有名なものだ。

所在は現出雲市だが、出雲大社が祀る大国主命よりも古い地祇《くにつかみ》・鳴厳吐刀命《なるいかつちのみこと》を祖として祀る一門で、神道が国家のものとして統一・整理される以前からの呪術や祭祀を守り続けている。宗教法人としての立場を得ることなく、呪術者集団として今なお活動している組織のひとつだ。

鳴神一門が主に扱うのは、神道と陰陽道——古代中国の陰陽五行説をベースに、神道・密教・修験道とも結びついて日本独自に発展した占術・呪術である。それゆえ一般的には、鳴神一門は「陰陽師集団」として認識されていた。

ただし、鳴神は有名な安倍晴明《あべのせいめい》のような、古代の宮廷で重用された「官人としての陰陽師」やその子孫ではない。あくまで陰陽道的な呪術を取り扱う、神道系の民間呪術者というのが正確なところだろう。彼らのような存在は官制陰陽師と分けて「民間陰陽師」と呼ばれている。

「——ああ、何年か前の……『蛇喰い』でしたっけ……」

身内から蠱毒《こどく》——呪術で作られた妖魔の蛇を食わされた、鳴神当主の子息の噂だ。彼は蛇を手懐けて送り返し、逆に相手を生死の境まで追い込んだという。

数年前、この業界を駆け巡ったスキャンダルだ。中国地方を代表する名門であり、全国的にも大きな力を持つ鳴神家の派手なお家騒動には、野次馬根性丸出しの派手な名前がついた。業界ゴシップなど興味のない辻本の耳にすら入ってきたくだんの話題は、名前共々思い出して愉快なものではない。

『鳴神の蛇喰い』

被害者のはずの彼に付いた、センセーショナルな呼び名を口にするのは憚られる。知らず渋い口調になった辻本に、芳田がゆっくり頷いた。

「こう言うちゃあ失礼なんですが、まさか外で暮らしとってとは思いませんでしたけぇ、私もびっくりしたんですがな、」

芳田の言わんとすることは、辻本にも分かった。

その後流れた彼の消息は「不明」だった。だが鳴神は地元で絶大な権力を誇り、国会議員が頭を下げるような家柄である。簡単に家出息子を取り逃がしたりはしない。「消息不明」とはつまり、「二度と世間様に見せられない状態」という意味だと思っていた。――彼が息をしているにしろ、していないにしろだ。

「たしか、蠱毒の蛇を……」

「まあ、喰うた言うんがやっぱり一番適切なんでしょうなぁ。詳しゅうはそれこそ本人にでも聞いてみんとわかりませんが、どうも降魔調伏の術が身に応えるらしゅうて」

以前、宮澤の背後に向けて打ったはずの破魔系の術に、彼が反応したことがあるらしい。味方にダメージを与える類の術ではなかったため、芳田も驚いて宮澤のことを少々調べたのだそうだ。

「やっぱりじゃあ、体の中の蛇が？」

「ゆうことになりましょうが——まあ、別にこの業界に聖も魔もありゃあしませんからな。『あちら側』と『こちら側』の境に立つんが私らのような呪術者です。より『あちら側』に近い方が、術者としては上とも言える。業務に支障さえ無けらにゃァ、どうちゅうことは無ァんですが……」

この国の神と魔に、明確な区別はない。当時の風潮も、忌避よりは好奇が勝っていた。

——弱冠十八歳で鳴神一門の手練《てだ》れの呪詛《じゅそ》を返し、妖魔の蛇を喰って飼い慣らせるのはどんな人物なのか。

——呪詛を返された相手は、死んだという話こそ聞かないが、以降ぱたりと人の噂に上らなくなった。相当苛烈な報復を受けたのだろう。

——当主が外で作った子だ、相手は呪術の世界に縁のない女性らしい。石見の名門から嫁いだ正妻の子と、どちらが優秀なのか。

みな興味津々だったように思う。消息不明の顛末に、惜しむ声も多かったはずだ。

「しかし……なんていうか、人は見かけによりませんねぇ」

温和で、育ちが良さそうな雰囲気の青年である。とても魔物の蛇を自ら喰って、苛烈な呪詛返しをする様子など想像できない。ただ、心得ている呪術の幅広さだけは得心が行った。まだあまり現場を任せる機会は多くないが、どの分野の呪術に関しても基礎知識がしっかりしており、仕事の飲み込みが早い宮澤に辻本は内心少し驚いていたのだ。

民間陰陽師とは、実も蓋もない言い方をすれば「呪術何でも屋」だ。この国古来の宗教が明治政府によって「神道」「仏教」と線引きされる以前の千年近い間、大陸から渡来した仏教や陰陽五行説は在来の信仰と交じり合い、互いに影響しあって発展してきた。それらの宗教が持つ呪《まじな》いの類を一手に引き受けた、呪術を専門とする職能集団が「民間陰陽師」である。彼らは密教の真言から陰陽道の霊符、神道の祝詞まで、おおよそこの国の「呪術」は何でも扱うのだ。

「そがな、おそろしげな風にゃあ見えませんからなァ」

一方こちらは修験道の行者である芳田が頷く。修験道は古代の山岳信仰に端を発し、密教・道教・陰陽道と習合して発展してきた。修験者もまた、山岳修行で得た験力を用いて民衆に奇跡を施す呪術のエキスパートだ。

宮澤が、自ら進んで誰かを呪詛したという話ではない。その過去を今更本人に問いただす必要性も感じないが、問題は業務中にトラブルが起きないかである。何かのはずみで彼本人が「祓われて」しまうと拙《まず》いのがひとつ、彼の蛇が害を為さないかがひとつ。

「今のところ見とって、何か暴走するような気配も無ァですし、まあちょっと本人に聞くタイミングは取れとらんかったんですが……なんぞ具合を悪うしとってなら、そっち方面のことも万が一あろうか思いましてな」

芳田の言葉に辻本も頷く。

「けど……どう切り出せば一番ええですかねぇ……」

業務時間中に呼び出せば、相当身構えられてしまうだろう。事情の深刻さを思えば、相手の人となりも分からない間に打ち明けるのは難しかったであろうと想像できる。隠していたことを責めて、宮澤を追い詰めるような真似は避けたいところだ。

「まあ、宮澤君も車ですし『飲ミュニケーション』いうワケにゃあいかんでしょうが、昼か終業後に食べながらがええかもしれませんなぁ」

気持ちは辻本と同じなのであろう、芳田が腕を組んで唸る。

「しかし何と言いますか、採用の時には誰も気付かんかったんですよね？」

呆れ半分に天井を仰いで、辻本はしみじみと言った。

「宮澤君が戸籍上『鳴神』だったことは無ァようですけえな。課長より上のもんは誰も、この業界のこたァ知りゃあしませんし。私も実技試験の時は見さして貰いましたが、出雲の特徴が出るような術は見んかったですしなあ。大学で師事した先生が陰陽道系じゃったいう話だったんで、みなそこで覚えんさったんじゃろうと勝手に思い込んどりました」

あっはっは、と芳田が笑う。

宮澤は三重の神職養成課程のある大学を出て、その学歴を主にアピールして巴市役所に入っている。鳴神のような大きな一門で教育を受けたという事実は、たとえ一門を捨てていたとしても大きなアピール材料になったはずだ。だが、宮澤は鳴神直系の血を引く出自ごと、蛇喰いと呼ばれた過去ごと、本当に『鳴神美郷』としての全てを捨てて巴市にやって来たのだ。

「まあ何にしても今は、ウチの係の次期エースですけえな。明日にでもちょっと声をかけてみましょう」

言って芳田が立ち上がる頃には、窓の外は夕闇に沈んでいた。


「おーい、美郷ォ」

薄暮の縁側にて、怜路はたそがれる背中に声を掛けた。

「んー……？」

気のないいらえが返る。暮れなずむ空にツクツクボウシの音が響く晩夏、部屋の明かりもつけず中庭を眺める下宿人に、怜路は軽く溜息を吐いた。

る。

「飯食ったんか」

「まだ」

「まーたバテるぞ。何かねーのかよ」

「もうだいぶヤバい」

ごろり、と浴衣姿の背中が畳に転がった。ひとつに括《くく》られた長い黒髪が、さらりと広がる。

「………夏、苦手」

ぼそりといじけた声が呟いた。先日のアレがまだ響いているのか。そろそろひと月経とうかというのに、面倒な男である。

ぐしゃぐしゃと金髪頭を掻きまわした怜路の視線の先で、美郷がつい、と宙に手を伸ばした。気配を感じて薄色のサングラスをずらすと、美郷の指先へ何かが止まって見える。普通、人の目には視えない小鳥だった。夜雀《よすずめ》だ。

重さのない雀は、ゆらゆらと輪郭を溶かして大きな蛾に変わる。指先を離れ、美郷の袂《たもと》に潜り込もうとするそれを、怜路は刀印で打ち払った。

「おい、何やってんだ」

多少の怒気を込めて低く言った。役所勤務の陰陽師ともあろう者が、身体にもののけの侵入を許してどうするのか。

んー、と曖昧に答える美郷はまるで抜け殻だ。

（……だいぶいじけてやがんなァ）

知らずきつく眉根を寄せて、怜路は美郷へ近づいた。

先日美郷は、体内で飼っている妖魔の蛇に逃げられた。正確に言えばどうやら、蛇が美郷から弾き飛ばされたらしい。仕事の関係で、降魔調伏の術式に触れてしまったのが原因だという。

以来この公務員殿は、夏バテを引きずるようにグダグダと夜をすごしている。本人が大して語ろうともしないため、何がそんなにショックだったのかは分からない。だが事件の時、ペットボトルが散乱し惨憺《さんたん》たる有様の部屋に驚いた怜路は、その後毎日とはいかないが美郷の生存確認をしに来ていた。

あの時美郷は、毎日一ケース近く二リットルのボトルを空にしていたらしい。だが実際に熱さにやられて干からびかけていたのは美郷ではなく、美郷から弾き出されて炎天下を彷徨っていた蛇の方だ。何度か怜路は美郷が蛇を「飼っている」と表現したが、実際にはもっと深い繋がり――半ば同化したような存在なのだろう。

ぐったりと横たわる美郷の首筋が、夕闇に白く浮いて見える。寝転んだ拍子に着崩れた寝巻は合わせが割れて、おくれ毛の絡む項《うなじ》から肩、背中まで露出していた。その肩甲骨の上に、淡く硬質な光が浮いている。白蛇の鱗だ。

「別に、多分コイツの餌になるだけだよ」

思い出したように、気だるげな声が答えた。コイツとは、美郷の身中を這う妖蛇のことだ。怜路も以前、眠る美郷から抜け出した白蛇と遭遇したことがある。その時のことを思い出した怜路の背筋に、ぞっと何かが走った。恐怖ばかりではない感覚に、怜路はしばし身を固める。

(闇が似合う、ねェ……そういう評価をお望みじゃあねェんだろうが……)

白い、美しい蛇だった。

足元を凍らすような冷気を纏い、悠然と怜路の前を通り過ぎた大蛇。

噂に聞いた『鳴神の蛇喰い』が取り込んだのは、せいぜい術者の怨念を込めたチンケな蟲《むし》だったはずだが、怜路が見たそれはもっと強く美しい「妖魔」だ。

一瞬詰めた息をゆっくり吐き出し、怜路は美郷の傍らにしゃがみ込んだ。

「お前よォ、なーにそんなに拗《す》ねてんのか知らねーけど。投げやりになってんじゃねーぞ、公務員」

剥き出しの肩を掴んでぐいと引くと、仰向けに転がされた美郷が怜路を見上げた。直接触れる肌は体温を失くしたように冷たい。怜路とは対照的に色の濃い、漆黒に見える双眸がぼんやりと視線を彷徨わせている。

この眼は、いつも闇を見つめている。美郷は人の世にはないものに憩い、それらと心を交すことに長《た》けている。

　ぼやけた焦点を怜路に合わせ、少し眉根を寄せた美郷はしかし何も答えなかった。昼間はカラ元気で乗り切っている。以前と全く変わらないアルカイックスマイルで愛想良く周囲と言葉を交し、新米らしくバタバタと仕事に励んでいるようだ。

　もし不調であることを周囲に知らせれば、その原因まで説明する羽目になるかもしれない。すなわち白蛇の存在と、宮澤美郷の「正体」を職場に晒すこととなる。それは、美郷の望む所ではないのだろう。

（そん中じゃあ、俺はわりあい気を許されてる方なんだろうな。まあもう白蛇見ちまってるから、隠すも隠さねェもないからだろうが……）

　これも巡り合わせだろうか。お互い家族もなく、付き合いの長い知人もいない場所で生活している同年代の同業者だ。下宿に誘った時、そう親しくなることを期待したつもりもなかったが、隣に暮らしてみれば居心地の良い相手だった。

「おいこら、生きてっか？　なんか言え」

　美郷のすぐ両脇に腕を突き、怜路は真上から端正な顔を覗き込んだ。

　中性的な白いおもてと細い体。額にかかる真っ直ぐな黒髪は闇を思わせ、整った容姿は人間味を遠ざける。宮澤美郷は闇の匂いがとても似合う男だ。そして実際、闇とうつし世の端境――その中でも、特に闇に近い場所に立っている。本人が「こちら側」にしがみつく意志を失えば、いとも簡単に「向う側」に呑まれてしまうだろう。

「怜路はさぁ、イヤになったことないの？」

のろりと伸ばされた白い指が、怜路のサングラスのブリッジをつまんだ。そのままサングラスを奪われ、ほんの少しだけ視界が明るくなる。どういう意味だ、と眇めた視線の先で、美郷のはだけた胸元を蛇が這った。

白い肌にいくつも浮かぶ朱《あか》い筋が、蛇身を描いて流れる。筆で描かれた画のように、あるいは線描された白粉彫のように。朱い線だけで描かれた蛇が皮膚の中を滑ってゆく。以前はもう少し隠れていたはずだが、怜路に白蛇を見られてしまった美郷の、心境の変化だろうか。

「何が」

「その眼の色とか、視えるものとか」

緑に銀の混じる特異な虹彩に、望みもしないのに常時「視え」過ぎる視界。一見して分かるほど他人と違い、能力者としてすら異端に近いそれを疎んじたことはないのかと、美郷は問う。

「あんだろうな、きっと」

他人事《ひとごと》のように答えれば、整い過ぎて人形のようだった顔が少し歪む。目顔で意味を問われ、怜路は口元だけで笑った。

「覚えてねーからな。コイツが『異端』なくらい、『普通』の中で暮らしてた頃のことなんてよ」

怜路には幼い頃の記憶がない。家族構成も住んでいた場所の景色も、もちろん学校生活も何も覚えていない。怜路の知る「狩野怜路」の人生は、「天狗」を名乗る養い親に拾われたところから始まっていた。その後の生活で、学校というものに通った経験は一度もない。おおよそ「普通」とされる少年時代のイベントは怜路にとって、全てメディアの向こう側の出来事だった。

「それでも人間、生きてられるもんだぜ？」

含みを込めて笑ってやると、美郷が物言いたげに眉根を寄せた。りりりりり、と一際大きく、間近でコオロギが鳴く。蛇が帰ってきたため、中庭にたむろするもののけは減っていた。

美郷自身は格別もののけを追い払うことはせず、部屋に結界を張っているだけという。しかしこの男が来て以来、狩野家の敷地に集まるもののけは格段に減った。最初は美郷が呪術で追い払っているのかと思ったが、白蛇の存在を知れば答えは簡単だ。美郷の飼っている蛇の気配を、同じ闇の住人たちはより敏感に感じるのだろう。特に大きく対処が面倒そうなものほど、近寄らなくなったように思う。

初めて会った時に、美郷が何か「飼っている」ことは分かった。

サングラスをずらして初めて視えたソレは昼間は巧妙に隠れている上、夜はどうやら美郷自身が、封じの符を使って隠しているらしい。天狗眼を持たなければ、怜路も気付きはしなかっただろう。

気付けたこと――宮澤美郷という人物との出会いは、怜路にとって幸運だった。同業者や気安い友人として貴重というのもある。だがそれ以上に。

（大げさに言ゃァ、命の恩人だからな）

怜路がある目的を持って巴にやって来てから、約一年半が経つ。「追っ手」を逃れてその目的を達するための時間稼ぎに、美郷と白蛇は一役買ってくれていた。美郷自身はそれを知らないが、当人に黙って恩を受けた身として、怜路は美郷には巴で居心地よい場所を見つけて欲しいと勝手に思っている。

「俺みてーなのでもそれなりに、気楽に過ごせる居場所くれェあった。お前だってそう、悲観的になるもんじゃねーよ」

なまじっか、公務員などという安定職を選んだゆえに悩む部分もあるだろう。だが己の腕一本で稼ぐヤクザな道よりも、美郷らしい場所だと怜路は思う。

宥める言葉に、美郷は答えない。

「まあ取りあえず、なんか食えよ。人生に悩むのは腹が膨れてからでも遅かねーぜ？」

いつの間にかとっぷりと暮れた宵闇の中、美郷からサングラスを奪い返して装着すれば、世界はより暗く輪郭をぼかす。

「作ってやるから大人しく食え。代金は家賃に上乗せな」

部屋に戻って灯りを点け、洋間の冷蔵庫を勝手に漁りながら言えば、背後で不満そうな声が返事をした。

7. 食事中の会話も味のうち

同じ水深《ふか》さに、息を潜めている相手だと思った。

ならば、引け目なく付き合えるのではないか。脳裏を掠《かす》めたのは、言葉にすれば随分とあさましい期待だ。

目の前の茶碗に盛られた素麺と、正面で胡坐をかく大家を見比べる。結局、美郷の部屋にマトモな食べ物がなかったため、怜路が母屋から持ってきて湯がいてくれたものだ。

オラ食え、と腕を組んでふんぞり返るチンピラまがいの拝み屋は、一生その特異な眼と付き合ってゆくのだろう。面倒の多いであろう人生を、当たり前に受け入れられる強さが眩しい。

「イタダキマス」

「おう、客から貰った中元の余りだ。有り難く味わえ。料金は取ってやっからよ」

「えぇ……饅頭でいい?」

汁椀に注がれためんつゆの中に、素麺を箸でひと掬《すく》いくぐらせる。そういえば饅頭をいくつも押し付けられていた、と美郷は思い出した。潰れていなければ良いが。

「なんでオメーが饅頭？　そっちも貰いモンか」

「うん。おれは食べれないから」

甘いものは全般的に苦手だが、饅頭は特に駄目だった。理由は簡単、中《あた》ったことがあるからだ。

「餡子の何にそんな罪があるってんだ」

極甘党らしい怜路が、理解できないと鼻を鳴らす。勝手に他人の通勤鞄を掴んで目くばせしてきたので、好きにしろと目顔で返した。

「昔、派手に中って死にかけた」

「マジか。饅頭ってそんな派手に中るような食いモンか？」

鞄の中で多少不格好になった饅頭を、喜々として口に放り込みながら怜路が首を傾げる。

「蛇が入ってりゃそりゃ中るだろ」

ぞぞぞ、と素麺をすすって美郷は軽く肩を揺らした。あー、と怜路が、納得と憐憫《れんびん》の合わさった声を上げる。美郷も昔は、和菓子が好きだった。手酷く中った食べ物は受け付けなくなるというが、例に洩れず美郷も「あの日」以来、餡子の類が酷く苦手になったのだ。

首振りしている扇風機の風が、定期的に美郷の背中を撫でてゆく。

和風ペンダントの蛍光灯が殺風景な和室を照らして、網戸をすり抜けたらしい羽虫が視界の端を舞う。間近で鳴くコオロギの声と、中庭の池に注ぎ込む水音だけが響いていた。

きんと冷やされた麺が心地良く喉を滑ってゆく。薬味も付け合わせもないほんの「素麺」だが、バテ気味の身体には丁度良い。

しばらく無言で素麺を食べる。向かいの大家は、饅頭片手にスマホをいじっていた。テレビの置かれていない美郷の部屋には、穏やかな沈黙が満ちている。

「——ご馳走様でした」

箸を置き、丁寧に両手を合わせる。「へい、ごゆっくり」と、とっくに饅頭を平らげてゴロ寝していた怜路が手を振った。「食器はてめーで片づけろよ」とのたまう大家が、この部屋にいる用事は既にないだろう。随分と心配をかけたらしい。そして改めて、見た目より何倍も人の好い大家である。

「怜路ってさあ」

ペットボトルからコップへ麦茶を注ぎながら、美郷はぼんやりと口を開いた。

「人情家だよね」

お人好しといったら多分怒られる。随分と時代遅れな表現になったが、口にすればしっくりきた。ああん、と、それでも多少不満そうな声が返る。

「じゃなきゃ、偶然見かけた宿無しにここまでしないだろ」

美郷は、自分の命の値打ちを疑ったことはない。自分が生きていることに対して、他人の承認を得る必要などかけらも感じていない。でなくば、送りつけられた蛇を自ら「喰う」選択などしなかった。

だがそのことと、他人が美郷を必要とするか、美郷との関係を維持しようと、努力する「価値」を認めてくれるかは、全く別だと思っている。

正味な話、怜路がここまでする理由が今の関係にあるかは疑問だった。

「あー。なんか面倒くせェこと考えてンだろ」

反論はできない。短パン姿の怜路は寝転がったまま、裸足の親指で、もう一方のふくらはぎを器用に掻く。

「俺ァ、親元にいた頃の記憶がねェ。養い親もヤクザなオッサンだったし、学校通った記憶もねーよ。けど、一通り漢字も読み書きできるし、計算も社会常識もそれなりだ。その辺は……修験道仲間が教えてくれた。英語は知らねーけど。結構、本業は学校の教師みてーなおっさんとかもいてな。親父は十年近く前に失踪しやがったから、まあ同年代が制服着てる間から、俺はなんとかテメェで稼いでたんだが……、それで何とかまだ生きてられんのも、同業仲間が世話してくれたからだ」

怜路は一昨年まで東京にいたという。

彼は大都会の場末で「拝み屋」という、ある種のヤクザ者のコミュニティで生きてきた。同業仲間は概して、順風満帆な表街道を歩いていない。誰もが、一般人の当たり前に持つセーフティネットからこぼれ落ちていた。

ゆえに、縁の浅い他人も躊躇わず助け合ったという。

「人情とか言やあ聞こえがいいが、結局お互い様の保険よ。俺もそれになんべんも助けられた。こういうもんは、助けてもらった恩を本人に返すのなんざ大抵不可能なんだ。行き違いに助けてもらってそれっきりとか、もうとっくに相手は彼岸とかな。だから、自分も赤の他人に恩を返す。そういう約束事のなかで生きてきたんでね」

へーえ、と、美郷は憧憬交じりに感嘆した。美郷からすれば、完全に物語の世界だ。そこまでの都会に出たことがないから、なおさら思うのかもしれない。

「そういえばさ、怜路は向こうの、東京の知り合いとかと連絡とらないの？」

怜路の性格ならば、きっと向こうでも友人は多かっただろう。田舎暮らしを見に来る相手などいないのだろうか。

そう疑問を口にした美郷に、怜路は、ひと呼吸の沈黙を置いて言った。

「……来るもの拒まず、去る者追わずが鉄則だからな。連絡先なんざ知らねえよーな、あっさい付き合いがほとんどだったよ。聞いた電話番号が、いつまで繋がってんのかも怪しいような連中ばっかだったし」

まさしく、袖振り合うも多生の縁という感じか。やはり想像できない世界だな、と美郷は頷く。

思えば、何故わざわざ巴のような田舎に来たのかも聞いていない。関東の出身ならば、広島県といって連想するのはせいぜい瀬戸内海側で、県北の田舎町など思い付きもしないのが普通だろう。

たしか、この家は他人に譲られたと言っていたか。その辺りの事情を怜路は積極的に語らないし、自分に隠し事の多い美郷も、特に首を突っ込んでは来なかった。ただ怜路も美郷同様、このうつし世の端にあるような、人気のない集落の古民家が居心地の良い人種なのだろう、と思うだけだ。

「それに、オメー便利だしなァ」

ずれたサングラスの下から、上目遣いにいたずらっぽく怜路が笑った。緑銀の眼が蛍光灯を映して光る。

「便利？　おれが？」

予想外の言葉に、美郷は麦茶のコップを置いて片眉を上げた。

「家の裏の符も、俺が作るよりか断然効果も持続も高ェし。草刈りも楽だし。それにオメーが来てから、めんどくせェもののけの客が目に見えて減ったからな」

確かに、符の類を作るのは元より得意な方だ。それに、体内の白蛇を封じるためにも欠かせないため、余人の何倍も枚数を書いてきた。白蛇の虫除け的な効果と合わせて、この家の環境維持に役立っているということか。

「それはどうも。別に、特になにかしてる訳じゃないんだけど……」

白蛇がもののけを好んで喰う妖魔のため、大きく知恵のあるもののけはその気配を忌むのだろう。この家で、実際に白蛇を逃がしてしまったのは一度だけなのだが、「捕食者がいる」というのは分かるものらしい。

「そらァ、あんなド迫力の大蛇が棲んでりゃ、それだけで効果はあるわ。前は酷かったんだぜ、しょっちゅう真夜中に騒ぎに来やがって……」

いかにもののけがうるさかったか、滔々《とうとう》と語る怜路の声を聞き流しながら、美郷はふふっ、とひとつ肩を揺らす。今までずっと、ただ身の内に封じて隠すだけの存在だった白蛇が、何かの役に立っているのは新鮮だ。

「まあ、役に立ってるならいいか」

生き残ると決めた選択を、後悔するつもりはない。

だが、もしも蛇が居なければと考えた回数は数知れない。異能の同業者が集う中にあってさえ、自分ばかり異端だという事実を思い知らされるたびに、恨めしさは募る。

「居なければ、いっそ居なくなれば」と思ったその蛇が、己と深く同化した存在と思い知らされて、改めて「異端」さを突きつけられた気がした。

彷徨い出ていた蛇を呼び戻し、受け入れたのは美郷自身だ。符を貼って封じながらも、結局は己の一部なのだと再確認した。

――そして、受け入れたつもりで結構滅入った。

盆前後の多忙さや白蛇迷子事件の残りダメージもあり、身体的にもきつかったのがそれに拍車をかけて、余計に落ち込んでしまった。

「おうよ、有り難いもんだぜ。つかなんでアレ白蛇なんだ？　普通、蟲毒の蛇が白いとかねーだろ。やったらにデケェし」

「え、ああ……。さあ、おれもよくわかんないんだけど。最初は黒かった気がするんだけどね。なんか、脱色した？」

実際に喰わされた蛇蠱は、饅頭に入るほどの大きさの呪具に封じ込められた状態で、美郷の中に侵入した。ゆえに、その蛇蠱と実際に対面したわけではないが、美郷の中を這いずり回った気配は黒々としていたように思う。

そして、呪詛という形で押し付けられた理不尽な悪意や憎悪に、美郷は己の怒りを上乗せして押し付け返した。

それで終《しま》いと美郷は思っていたのだが、呪詛の主へと返ったはずの蛇蠱は、大学に入ってしばらくしてからヒョッコリ帰ってきた。その時には何故か白くなっていたのである。

「なんじゃそら」

呆れた怜路が、予備動作なしで軽快に体を起こす。よくよく体を鍛えている者の動きだ。ちゃぶ台に片肘をつき、その上に顎を乗せて大家はにやりと口の端を上げた。

「しっかし、なんでンな御利益ありそうな立派な白蛇がいて、お前はそう貧乏かねェ」

白蛇といえば金運。意地悪く笑う怜路に、美郷は眉を跳ね上げる。

「うっるさいよ！　むしろ金食い虫なんだって。封じてないとのたのた散歩するし、封じの符に使う紙は高いし！」

そう、経費がかかるのである。下手に道具や素材をケチると符が効かなくなる。そうすると、蛇は眠っている美郷から逃げ出して、好物のもののけを求めて散歩をするのだ。以前それで逃がした際に、怜路にも蛇を目撃された。

目撃した怜路が動じなかったから笑い話で済むのだが、去年までの大学寮生活ではそうは行かなかった。ひとたび周囲に目撃されれば大騒ぎは必至なうえ、この家と違って街中にあるため人口密度も高い。もののけの気配を感じるたびに騒ぐ蛇を、美郷はずっと、自分の中だけに閉じ込めてきたのだ。

「なんだ、餌やってんじゃねーのか」

てっきり餌代でもケチったのかと思った。ケラケラ笑う怜路に憤慨し、それからつられて美郷も笑いをこぼした。こんなに普通に、蛇のことを話せた記憶は今までにない。否、そんな日など来ないと、つい先日まで思っていた。

「べつに、白太《しろた》さんは餌は要らないから……」

初めて白蛇を話題にするのが気恥ずかしく、もそもそと喋った美郷の言葉に怜路が固まった。

「――あ？」

突然珍妙な顔をされて、はにかんでいた美郷も困惑する。

「えっ、何？」

「……ソレ、蛇の名前か？」

怜路が反応したのは「白太さん」という名らしい。

「そう……だけど」

戸惑いながら頷けば、大変残念そうに怜路が眉をハの字にした。

「なんっっだその、クソセンスのねー名前は!!」

あちゃー、と頭を抱えられた。予想外のイチャモンである。

「なんだよ、別に変じゃないだろ！」

「イヤ変だろ！　もうちょい何かなかったんか！　しかも何でサン付けだ！」

白い大蛇だから白太である。なにも変ではないはずだ。美郷は身を乗り出して反論した。

「じゃあ何だったらいいんだよ、銀嶺とか虹白とか中二臭いの付けろって？」

ちなみに「さん」付けなのは、なんとなく呼び捨ても違う気がしたからである。

「それでもまーだシロタよりマシだわ。シロタはねーよシロタは」

乳酸菌か、とまで散々に言われて、美郷は憮然《ぶぜん》と黙り込んだ。たしかに、特別に望んで手に入れた使役ではない。勢い、ポチとかクロとか、そんなノリで取りあえずの呼び名をつけたのは認める。

むくれる美郷を眺めた怜路が、やれやれと大きく溜息を吐いて立ち上がった。

「まー何でもいいけどな。んじゃその白太さんによろしく、俺ァ撤収するぜ」

頭を掻きまわした右手をひらりと振って、猫背のがに股歩きで怜路が去って行く。不満の残る表情でそれを見送った美郷は、空の食器を前にポツリとこぼした。

「べつにいいじゃん。なあ、白太さん」

体内の気配は、同意するようにもぞりと動いた。


翌日、それまでよりも心もち軽い体で出勤した美郷は、午前も十時を回った頃に芳田から声をかけられた。指示されたのは相談者の家へ赴いての聞き取り調査で、今回美郷の仕事は、相談を受けた辻本の補助だという。行き先は川むこうにある、「巴町」という巴市の旧市街地だ。

車で五分もかからない場所だが、芳田は二人に『昼は跨《また》ぐでしょうけえ、どこぞ向こうの店で食べてならどうです』と言った。家が巴町にある辻本がそれに頷く。元々、今日は朝来てすぐに、辻本から昼食に誘われていた。よって美郷も、普段は毎朝予約している職場の仕出し弁当を頼んでいない。

実は初めての「同僚とのランチ」に多少緊張しながら、美郷は辻本がハンドルを握る公用車に乗り込んだ。

巴市の古い市街地は川を隔てて東西に、「巴町」と「十日市」として分かれている。巴市役所は西の十日市側にあり、大型店舗やターミナル駅のある、現在のメインストリートも十日市側だ。

一方で、橋を渡った巴町は鄙びた雰囲気のある地域で、古くからの商家建築や、旧銀行といった近代建築も残っている。現在はメインストリートである巴町本通り商店街を観光地として開発しようと、その路地には石畳が敷かれていた。

辻本の運転する公用車が到着したのは、そんな落ち着いた雰囲気の街路に門を構える、建設会社の前だった。通りに面して事務所があり、奥は住居――おそらくは、経営者の自宅のようだ。間口が狭いため気付きにくいが事務所は存外広く、奥の住居も邸宅と呼んで差支えない立派なものである。

狭い駐車スペースに一発でバック駐車を決めた辻本が、「行きましょう」と美郷を促す。

事務所のガラス戸を押し開けて中に入ると、既に事務所の奥で立ち上がっていた男性に出迎えられた。その顔を確かめて、美郷は驚く。

目元で大きく存在を主張する、黒縁眼鏡には見覚えがあった。まだ市役所に入って一か月もしない頃に、温かい声をかけてくれた壮年男性だ。向こうも覚えていたらしく、目が合うと「やあ」と笑いかけてくれた。

「君に初めて相談するんが、私事になるとは思わんかったよ」

苦笑い気味に言いながら少し首を傾げる男性に、辻本が「面識がおありでしたか」と驚く。建設課の前で会った時のことを男性が話し、改めて自己紹介を、と美郷に名刺を差し出した。

「株式会社・高槻《たかつき》建設の社長をしております、高槻忍《しのぶ》と申します。よろしく」

緊張気味に、美郷は名刺を受け取る。名刺交換のお作法は、大学の就職支援や市役所に入ってからのマナー講習で少しやったが、普段不要なので全く慣れていない。名刺ケースなどデスクの抽斗に置いて来てしまった美郷は、ひとまず両手で名刺を受けとってペコリと深く頭を下げた。

「それじゃあ早速、拝見してもよろしいですか？」

促す辻本に頷いて、高槻が二人を奥へと案内する。事務室の壁には施工実績として多くの写真が飾られており、それらは巴市の文化ホールや図書館といった公共施設から、道路や橋、そして災害支援など多岐に渡っていた。なるほど、市の建設課長が腰を低くして出迎えていたわけだと美郷は納得する。

高槻は事務所を通り過ぎ、奥の自宅へと美郷らを招き入れた。私事と言っていたが、彼の息子に起きたトラブルなのだという。辻本は歩きながら、先に聞き取りしていた内容の詳細を高槻に確認してゆく。その内容は以下のようなものだった。

高槻には小学校五年生になる息子がいるが、その様子がおかしいのだそうだ。夏休みが終わり、小学校は先週から新学期だが、どうしても朝起きられないという。果ては学校でも居眠りをし、元気がない。学校からは「休み中に不規則になった生活習慣を見直しましょう」と連絡が来たが、元々夜更かしをする子ではないそうだ。

本人に事情を訊いても要領を得ず、何か隠し事をしている雰囲気だという。最初は隠れて夜更かしでもしているかと思ったが、根気よく話を聞くと、どうやら悪夢にうなされてよく眠れないらしい。

「それで、何が原因か私らも困っとったところに、家内がこれを見つけましてな」

住居の応接室に通される。重厚な雰囲気の洋間の真ん中にはソファとローテーブルが置かれ、そのローテーブルの上に、古びた人形が鎮座していた。

「おや、巴人形ですか。これはまた随分と古げなですねえ」

そう感心したのは辻本である。巴人形とは、この地方で作られる節句人形だ。巴人形は型抜きした粘土を素焼きし、胡粉《ごふん》と泥絵具、膠《にかわ》で彩色や仕上げをした土人形である。

現在、節句人形といえば、女子は三月三日の雛飾り、男子は五月五日の武者飾りが一般的だろう。しかし巴には古くから、男女問わず三月三日を「節句」として、初節句には巴人形を贈る風習があるそうだ。男子に贈られる巴人形の代表は菅原道真《すがわらのみちざね》をかたどった天神人形や金太郎人形で、その他にも何十種類もバリエーションがあるという。

「ええ、これは私の祖父のもんじゃ言うて、ずっと蔵ん中にあったんですが……」

言われて覗き込む巴人形は、天神でも金太郎でもなく、厳めしい顔立ちの鎧武者《よろいむしゃ》だ。その彩色は褪せ、膠の艶も失って歳経た雰囲気を醸している。そして、腕の片方が割れて欠けていた。

「どうも、勝手に蔵に入って持ち出して壊したようでしてなァ。家内が、コレが祟《たた》りよるんじゃないか言うて気味悪がりだしまして」

高槻の息子には、彼のための五月人形があるという。世間に合わせて男子の節句は五月に移り、最近は巴人形を買う家ばかりではなくなっているらしい。県外出身の高槻夫人は巴人形に馴染《なじ》みがないため、余計に気味悪く感じているようだった。

高槻の言葉に、美郷は内心「はて」と首を傾げた。節句人形というのは元々、生まれた子を護る存在として贈られるものであり、祟るような類の物ではない。同様のことを思ったのだろう、辻本が顎に手を添えて、思案げに口を開いた。

「息子さん本人の節句人形じゃあないいうても、ひいおじいさんの護り人形がひ孫に祟るとは、あんまり思えんのんですが……こうして実物を見さして貰うても、悪い気は感じませんし」

辻本の言葉に、隣で美郷は小さく頷く。目の前の、古びて割れた人形から邪気は感じられない。

「ほうなんですか。じゃあ何ぞ他に理由があるんでしょうか……」

現在では、節句人形は一代限りで、その子が成人すれば供養するべきだという説が流布している。その裏返しで、古い人形が祟っているのではないかと高槻夫人は怖《おそ》れたようだ。人形を「その子の身代わりとなり、厄から護る存在」として捉えれば理屈も通っているし、「呪《まじな》い」というものは約束事から効果まで、ある意味人間が決めるものだ。一概に否定するべき説でもないが、地域によっては代々の人形を大切に保存し、毎年節句には全て並べる風習もある。

少なくとも、目の前の巴人形は後者の約束事――己の主だった人間の、子孫も護る役目を持った人形に見えた。

「多分ですが、そういうことじゃろうと思います。息子さんは今日は学校に行っとってんですか？」

辻本の問いに高槻が頷く。朝も起きられないし、学校では居眠りで叱られるが、それでも本人が学校に行きたがるのだそうだ。否、学校に行きたがるというより、家に居たがらないらしい。

「家の中に何か原因があるんでしょうから、少し中を見さしてください。宮澤君も、何か気付いたことがあったら教えてね」

はい、と頷き、美郷は辻本と共に立ち上がる。何か「いる」のは間違いない。それは、すっかりお馴染みの、腹の中を逆撫でされる感覚で分かっていた。腹の中の住人——白蛇にとって「おいしそう」な何かが近くにいるのだ。

応接室を出て、周囲の気配を探りながら家の中をひと通り歩く。何度か辻本と目顔で会話したが、お互いこれといった物は見つけられなかった。

(気配が分散してるな……ひとつひとつは大きくなさそうなんだけど、捉え所がないっていうか)

どうやら今日一日で原因を特定して、封じて解決とは行かないようだ。何日か通うか張り込むかして、様子を見ることになるだろうか、と、そこまで考えて美郷は足を止めた。

(——というか、おれの「髪」を使えばいいのか……だけど、どう切り出したら……)

美郷の長い髪は、実は鳴神家が受け継ぐ秘術のためのものだ。

美郷は元々継嗣《けいし》ではなかったが、直系の血を引く者として秘術を伝授されていた。その術とは、己の髪を結んで様々な使い魔を作る、使役術《しえきじゅつ》の一種だ。ただ、普通の修験者や密教僧、陰陽師の使役術と違って、「使い魔」を呼び出したり動物から作り出すのではなく、自分の髪から作る——いわば分身のような大変特殊な呪術である。

長く伸ばした髪を糊を引いた和紙で包んで水引を作り、それを様々な動物や人型に結んで使役する。作る使い魔――便宜上「式神」と呼んでいるモノは、人捜しには蝶、見張りには鼠《ねずみ》、護身や攻撃には燕《つばめ》と小さなものばかりだ。

一見派手な呪術ではないが、応用の幅が広く、一度作ってしまえばあまり術者に負担をかけないのが特長である。術者の支配を逃れようと暴れる心配も、式神へのダメージが術者に返る心配もない。

ただ、その特殊性ゆえに、使えば恐らく一発で身元が割れてしまう。いつまでも黙っているわけには行かないと頭では分かっていても、美郷はその秘術について打ち明ける踏ん切りがなかなかつかずにいた。

『鳴神の蛇喰い』のことは、当時は遠く関東にいた怜路ですら知っていた。いわんや、隣県の同業者である特自災害の面々が知らないはずもない。

まだ美郷自身、己が降魔調伏の術でダメージを喰らう、白蛇と一心同体のような――人間なのかも怪しい存在だということを受け入れて、人に話せるほどの勇気は持てずにいる。

（就職試験の時は他の呪術を理由にして誤魔化したけど、使うために伸ばしてるんだしなあ）

鼠の式神を作ってこの家にいくつか配置しておけば、職員が時間外労働をして張り込む必要はない。目的のモノを感知すれば、式神はその様子を夢として美郷に伝えてくれる。

（言わないと……でも、今更何て言おう……）

先を歩く二人に置いて行かれないように、のろのろと歩きながら美郷は悩む。ぐるりと家を一周し、靴を履いた辻本が腕時計を確認した。時刻はそろそろ正午前だ。昼食も出すという高槻からの申し出を丁重に断って、辻本が美郷を振り向く。

「それじゃあ、一旦お昼食べに出ようか」

促す辻本に、美郷は緊張気味に頷いた。

辻本の後を追って、事務所へ繋がる外廊下へ出ようとした美郷は、見送る高槻と目が合った。

にこにこと微笑ましげに美郷を見る高槻に、何故そこまで歓迎されているのか不思議で、美郷は思わず足を止める。美郷が不思議がっていることに気付いた様子で、少し苦笑いした高槻が、いつかのようにポンポンと美郷の肩を叩いた。

「いやあ、可愛がられとるなあと思うてね。辻本君も初めての後輩育成で張り切っとるみたいじゃし、芳田さんからもよう話を聞くけえ」

大きな建設業務を多く請け負う高槻建設は仕事上、特殊自然災害《もののけトラブル》と関わることも多いという。それゆえ芳田や辻本ら、係員との面識も深いようだ。辻本とは住まいも近いため、プライベートの付き合いもある雰囲気だった。

「みんな腕も確かじゃし、親身になってくれるエエ先輩らじゃけえ。何でも相談して、話を聞いてもらいんさい」

まるで、思い悩んでいる心を読まれたような励ましに、美郷は硬く頷くしかなかった。

車は高槻建設の事務所前に停めたまま、辻本は美郷を連れて、商店街の一角にある小さな定食屋に入った。

十中八九、昼食代は全て辻本持ちだ。その状況で欲望のまま、食べたいものを頼む度胸のない美郷は、メニュー表を大して見ずに「日替わり定食」を選ぶ。対照的にのんびりメニューをめくった辻本が、カツ丼を選んで店員を呼んだ。

お冷やを片手に料理を待つ間、美郷はそわそわと定食屋のテレビや傍らのメニュー表に目を移していた。市役所に就職してもう少しで半年だが、大勢の飲み会はともかく、こうして個人的に食事に誘われたのは初めてだ。怜路の言ではないが最近いじけていた自覚はあるので、何の話をされるのだろうと気が気ではない。

「カツ丼なんか頼んどいて言うのもアレじゃけど、早よもうちょっと涼しゅうなるといいねえ」

軽くお冷やをすすりながらのほほんと辻本が喋る。

「ですね……僕も、暑いのあんまり得意じゃないです」

飼っている白蛇が陰の気を好むためか、美郷はここ数年めっきり夏が駄目になった。まさか丸々そんな話をするわけにも行かず、慎重に言葉を選ぶ。おかげで広がらない話題に内心冷や汗をかいた。

かちんこちんの美郷を気にする風もなく、辻本はテレビの流す呑気な昼番組を見ている。

「僕も嫌なんよ、市役所も暑いけど寺の方の仕事だと、法衣がかなわんのよね。いくら夏用言うても、講堂にクーラーはないし」

ああ、でしょうね、と美郷は頷く。

「そういえば、辻本さんのお寺ってこの近くなんですっけ」

辻本の家は、巴町にある浄土真宗派の寺だ。

「そうそう、もう一本道を奥に入ってすぐの場所にあるよ。ここもたまに夜飲みに来たりもするし」

辻本は酒も結構好きだ。妻帯、肉食、飲酒と、日常生活において戒律による制約は、ほとんどないのが辻本の宗派だった。

弾まない会話をぼんやりしている間に、料理が運ばれてきた。辻本は美郷にとって、とても指導が丁寧で有り難い先輩だ。昨日のように、美郷が困っている時にさりげなく助け船を渡してくれることも多い。そして、仕事への真摯な姿勢を尊敬していた。

いただきます、と手を合わせて、それぞれ料理を口に運ぶ。

（尊敬してるぶんだけ、失望されるのも怖い。そんな人じゃないって思うけど……）

実家住まいで妻子があり、公務員という安定職に就いている。係長の芳田から直接仕事を教わっている辻本は、ゆくゆくは係長候補とも目されていた。休日は仕事のほかに楽しむ趣味もあり、しっかり育メンをしているエピソードにも事欠かない。美郷から見た辻本は「完璧」だ。

だがどれだけ憧れたところで、美郷が同じ人生を歩めるとは思えない。「すごいよなぁ、羨ましいなあ」と思いながら定食の唐揚げを口に運ぶ。

昨日、怜路に多少鬱屈を聞いてもらったおかげか、ありがたいことに食欲は戻っていた。想像よりボリュームのあった定食を、なんとか全て腹に収める。沈黙を気にした様子のない辻本に、内心ほっと息を吐いた。

カツ丼を食べ終わった辻本が、全く変わらぬのほほんとした様子で口を開いた。

「……………そういえば、宮澤君は出雲出身なんじゃってね」

ぐっ、と思わず噎《む》せかける。お新香の最後のかけらが喉をひっかいた。

「けほっ、な、どうして……」

「うん、昨日係長から聞いたんよ」

ああ、やはり係長は知っていたのか。疑われたな、と思った場面を思い出し、美郷は諦めの溜息を吐く。もともと隠そうというのが虫の良すぎる話なのは、頭では分かっていた。本当にそろそろ潮時だったのだ。

「それは、ええと……全部ですか？」

「多分全部じゃろうね」

恐る恐る確認する美郷に、あっさりと辻本は頷いた。今更、何をどう、どこまでと聞けるような雰囲気でもない。

「で、まあ、係長とも話したんじゃけどね」

少しだけ姿勢を改めて、辻本が真っ直ぐ美郷を見た。どきり、とひとつ心臓が跳ねる。

「体質に特別事情があるなら、それは先に教えといて欲しいと思って。知っとったら配慮できることもあるし、把握不足で事故に繋がったらそれが一番まずいけえね」

仕事を教える先輩の顔で、辻本が静かに言った。

「すみません……」

文字通り身を縮めて美郷は頭を下げた。事故を起こさないための情報共有。それは美郷の私情とは無関係に、業務上必要なことだ。むしろこんな場所で食事のついでにされる話ではなく、係長席に呼ばれて叱られて然《しか》るべき事柄である。

思い至って、拳を固く握る美郷に苦笑して、辻本がひとつお冷やをすする。

出て行く客が開けた自動ドアから、夏を惜しむミンミンゼミの合唱が入り込んできた。

「うん、わかってくれるならええんよ。昨日も言うたけど、体調管理も義務じゃけえね。僕らの仕事は危ないことも多いし」

はい、と美郷は下を向く。辻本の言葉は柔らかで、係長の芳田ともども美郷の事情を汲《く》んでくれているのが伝わる。それだけに、恥ずかしくて言葉も出なかった。

定食屋に流れるテレビ番組がニュースに変わり、休憩時間があと十分程度だと知らせていた。周囲の客は三々五々に会計を済ませて出て行く。自動ドアが開閉するたび、チリンチリンと鉄風鈴が鳴る。

「僕みたいな『地元枠』と違って、宮澤君は凄い期待されて市役所にはいっとるんじゃけえ。しっかりしんさい」

地元枠という単語の自虐的な響きに、美郷は顔を上げた。何でもないことのように笑って辻本が続ける。

「僕は係長や宮澤君みたいに『呪術』は使えんし、専門員としてできることなんて、ほとんどないじゃろ？　ただでさえ専門員の数は少ないのに、僕みたいな使い勝手の悪いのがおったら、そう言われてもしょうがないんよ」

辻本は浄土真宗の僧侶だが、浄土真宗という宗派は基本的に現世利益を求めない。それゆえ、僧侶の辻本も「呪術」を修得していないのだ。

「でも、辻本さんは……」

代わりに、並外れた「浄化」能力を持つ。美郷ら同様「視える」し、専門知識の深さや状況を読む洞察力で、係内でも一目置かれている。

「うん、僕には僕のできることがあるし、必要とされとるからまだ市役所におる。けど、宮澤君のような能力はないよ。僕らには宮澤君の力が必要じゃし、じゃけえこそ、しんどいことはしんどい、拙いことは拙いと教えてくれんと、僕らも必要な戦力を失うことになりかねん」

辻本は、独特の柔らかい声質をしている。ゆっくり諭すように紡ぐ言葉は、不思議なくらい抵抗なく心に沁みわたってきた。その不思議な声質が、彼の並外れた浄化能力のゆえんだ。

「僕らは、市役所に就職する前の宮澤君のことはよう知らんし、宮澤君が話したくないことを聞こうとも思わん。応募したんじゃけえ宮澤君も知っとるよね、市役所に就職するのに戸籍やら何やらは要らない。君は、君の学歴と実力と熱意で、巴市に採用されたんよ。君は訊かれたことに対して何の嘘もついとらんし、僕らは君が採用試験で見せてくれたもので、巴市に君が必要じゃと判断した。それ以外のことに、引け目を持つ必要はないけえ」

他者から大切にしてもらうには、大なり小なり相手にとって「必要な存在」「大切にするメリットのある相手」でなければならない。必要とされる種類は色々あるだろう。怜路らのように相互扶助だったり、恋人や友人といった精神的なものだったり、経済的なものだったり様々だ。その中で辻本は、宮澤美郷の「能力」が必要なのだと語る。

言い方、捉え方次第では冷たい物言いだ。美郷自身や、その来歴に興味がないと言われるのは、場面によれば傷付くことかもしれない。だが、今、辻本の言葉は美郷にとって「救い」だった。

ただ、今ここに居る「宮澤美郷」として、全力を出せればそれでよい。

再び俯いて、こみ上げる物を堪える美郷の肩を、ぽんと優しく辻本が叩く。

「それじゃあ、僕はお会計してくるけえ。先に出とってもええよ」

そう言って立ち上がる辻本に、小さく美郷は頷いた。

昼休憩が終わり、美郷と辻本は高槻邸へと残暑の中を戻る。白い石畳に落ちる影はまだ濃い。

（おれが、今の「宮澤美郷」として持つものを、辻本さんたちは必要としてくれる……）

真昼の太陽が縫い付ける、短い影法師を見つめながらボンヤリ考える。その中には本当に、腹の中の蛇も含まれているのだろうか。信じられない気持ちと、信じてしまいたい気持ちが胸の中でざわついている。

――あのチンピラ大家が笑って受け入れてくれたように、もしかしたら、と。

（って、そうじゃない。もう鳴神出身だって知られてるなら、式神を使うしかないだろ。

今言わなきゃもっと言い出しづらくなる。……おれの、「力」を望んでもらってるんだ)

「宮澤美郷」の居場所を求めて、誰も頼る者のいないこの巴市にやってきた。そのために望まれるのが美郷の「能力」ならば、美郷は全力でそれに応えるべきだ。生まれ持ったものも、学び手に入れたものも、——きっと、生き残るために望まず得てしまったものであっても。

美郷が美郷として使えるものを、必要としてもらえるのならば。

(出し惜しみなんて、してる場合じゃない)

拳を握って足を止める。一歩先を歩いていた辻本と距離が開いた。つ、とこめかみを汗が流れる。

「辻本さん、あのっ」

定食屋の中で諭されてから、美郷が口を開くのはこれが最初だった。辻本が足を止めて軽く振り返る。

「ん？　どしたん」

きょとりと瞬きする様子は昨日までと何の変化もなく、そのことに少し安心した。

「高槻さんの家、多分しばらく要観察だと思うんですけど、その、おれのこの髪がお役に立てると思うんです」

ひとつに束ねてある黒髪を掴んで美郷は言った。

「鳴神の髪を使った使役術、おれも使えるんです」

龍神の裔《すえ》といわれる鳴神の中でも、能力と血を濃く受け継ぐ者だけが使える特殊な呪術だ。鳴神家の当主は必ず、この呪術のために髪を長く伸ばしている。

「ああ、そうか……！　そうよねえ、現当主の息子さんなんじゃもんね」

言われて気付いた、というびっくり眼で辻本が手を打つ。鳴神家当主の長い髪のいわれは、同業者の中では知られていることだ。

はい、と美郷は小さく頭を下げる。これまでも、有効に使える場面はあったかもしれない。特別に名乗り出る必要性を感じる機会も今までなかったが、使える手札として芳田が把握していれば、的確に運用してくれたはずだ。

「すみません、ずっと黙ってて……」

何故今まで黙っていたのか、と叱責されることも考えていた美郷に、辻本はからからと笑って「そんな顔しんさんな」と手を振った。

「ええんよ、べつに。これからバンバン役に立って貰えればええんじゃけえ。定年は六十……何歳じゃっけねえ、今。まあ、あと四十年くらいはあるんじゃけえ、その間に目いっぱい活躍してくださいよ」

最初の数か月など誤差の範囲、とにっこり爽やかに辻本が笑う。その表情は、美郷らを照らし焦がしている太陽と同じくらい翳《かげ》りがない。「いやあ、凄いねえ、頼りになるねえ」とにこにこしながら、辻本が再び歩き出した。

その後ろを追い掛けながら、美郷は気の抜けた笑いを漏らす。四十年とは、今の美郷には実感がわかないくらい長い年月だ。

（……というか、辻本さんが係長になったらおれ、かなりこき使われるんじゃ……）

きっとそれも悪くない。心からそう思えて、美郷は足取り軽く石畳を蹴った。


人間の寝静まった深夜、闇に沈む高槻邸の廊下を、足を引きずりながら歩く者があった。不規則な足音に、具足の音が重なる。刃こぼれした太刀を杖代わりに歩いていた隻腕の老武者《おいむしゃ》が、何かの気配に気付いた様子で足を止めた。

「……おのれ、ようやく見つけたぞドブ鼠めが。貴様で最後じゃ」

残る片手で刀を握り直し、修羅の形相をした老武者がギロリとこちらを――美郷の使役する鼠型の式神を睨んだ。

監視型の式神である鼠は、逃げることなく老武者を見つめ続ける。老武者は、傷付いた足で廊下の床を蹴った。ボロボロの刃が振りかざされる。式神の頭上が、闇の中でもひときわどす黒く翳った。

――ギエエェエエエ!!

濁った悲鳴が夜気を震わせた。人とも獣ともつかぬ形をした、どす黒い靄の塊が真っ二つに斬られて散ってゆく。刃を振り下ろすだけで体勢を崩した老武者は、そのまま鼠の前に頽《くずお》れた。

「これで、某《それがし》のお役目は終わりじゃ……義経よ、若を頼んだぞ……！」

搾り出すように呟いて、老武者はこと切れる。ごとん、と陶器の床を打つ音が響いた。

夢を介して老武者の最期を見届けた美郷は、翌日そのことを辻本に伝えた。高槻に確認をとったところ、まさしく廊下で、祖父の巴人形が割れ砕けていたそうだ。

「義経いうんは、息子さん本人の五月人形みたいじゃね。いやあ、見事な最期というか」

実際の様子を確認しに、朝一番で高槻邸へ移動しながらしみじみと辻本が言った。美郷もそれに同意する。

「家の中に散らばって息子さんを脅かしていた悪い気配を、夜な夜な狩って歩いていたみたいですね。欠けた腕も、戦いの中で失ったんでしょうか……。悪い気配の方がどこから来た何だったのかは、昨日の様子だけじゃわからなかったんですが――」

そんな会話をしながら辿り着いた高槻邸には、確かにもう白蛇の反応するような「気配」は存在しなかった。

「お墓を構《かも》うてしもうたんじゃ言うて、今朝がた息子が白状しましたよ」

出迎えた高槻が、苦笑い気味に報告してくれた。どうやら、子供たちだけで夏休み中に、近くの墓地へと肝試しに行ったらしい。その時に躓つまずいて転びかけた拍子に、どこかの墓石をずらしてしまったようだ。

怒った墓の主が化けて出た——にしては、気配は複数あったし人格など上等なものはなさそうだった。おおかた、「やってしまった」という恐怖と後悔に付け入られて、墓地に漂っていた有象無象のもののけを連れて帰って来てしまったのだろう。

巴町に一番近い墓地は、巴市でも随一の霊力を宿した山の麓にある。実際に山すその墓地へ向かった美郷は、その場に漂うモノの気配を確認して頷いた。山の霊力と、墓地に対する人々のイメージが結びついた、「怖い」というイメージの凝りのようなもののけが生まれ、物陰にたぐまっている。

「——解決、ですかね。結局見てただけになっちゃいましたけど」

かりかりとこめかみを掻きながら言った美郷に、辻本ものんびりと頷いた。

「そうじゃねえ。けど、宮澤君がおってくれて助かったよ。僕だけじゃあ、何が起きたか把握するのにも時間がかかるところじゃったろうし」

ね、と笑い掛けられて、気恥ずかしさに「あはは、そんな」と誤魔化し笑いを返す。

さらりとした西風が、墓地の脇に咲く萩の花を揺らした。いつまでも暑いばかりだと思っていたが、朝の風は随分と涼しくなっている。美郷はその心地良さに目を細めた。

「それじゃあ、帰って報告書でも書こうか」

言って踵を返す辻本の後を美郷は追う。

やはり市役所の仕事は、文書に始まり文書に終わるのだ。

8・狗神《いぬがみ》の哭く夜

秋も深まり始める頃、夜の深山には鹿の恋歌が響く。

高く長く尾を引き、宵闇にこだまする声はともすれば女の悲鳴にも聞こえ、山奥のうら寂しさを一層強調するようだ。

その晩もまた、甲高い雄叫びが夜気を震わせた。

乞うる声だったはずの音は、しかし途中で気色を変える。正しく断末魔の悲鳴に変わったそれに、周囲の鹿がピィッ！　と警戒音を上げた。枯れ始めた下草を蹴立てる音が、幾重にも空気を震わせる。

何か、鹿を襲うものでもあっただろうか。近隣の住民には多少気に留める者もいたが、今の本州に鹿の成獣を襲えるような生き物は存在しない。おおかた猟師の罠にでもかかったのだろうと、皆すぐに忘れた。

翌日。茸狩りに入った山の持ち主は、眼前の光景に悲鳴を上げた。

立派な角を持つ雄鹿が、舌を出して白目を剥き、無残な骸を晒している。天に晒された白い腹はむごたらしく引き裂かれ、乱雑に腸《はらわた》を屠《ほふ》られていた。

アルバイトとして働いている居酒屋の鉄板の前、ホルモンがたてる煙の向こうで、酔客が噂話に興じている。鹿だ猪だといかにも田舎の話題に笑いを堪えながらヘラを繰っていた怜路は、客の熱弁する凄惨な様子に耳をそばだてた。犯人は狐か、いやいやニホンオオカミが生き残っていたのだ、どうせ野犬の群れだろう。好き勝手に推論する酔っ払い中年どもは呑気なものだ。

発生場所はどこなのか。頃合いを測って訊こうとしていたところに、見慣れた顔が現れた。ロン毛の公務員こと宮澤美郷である。

最初こそ奇異の目で見られていたこの青年も、半年も経てば常連の中に馴染んでいた。見た目の特殊さも、「特殊自然災害係《もののけトラブル》」の人間だと知れ渡れば納得される。人間、どれだけ風変わりな物事も、自分の心の中で整理できる理屈がついてしまえば慣れるものだ。

係名を名乗って通じないのが辛い、と美郷はよくこぼしているが、厳つい正式名称など覚えていない者でも、「もののけトラブルの」と言えば大体通じるのが巴市だ。特に、怜路の勤める居酒屋にたむろしているのは旧市街地に暮らす、古くからの住人たちである。特自災害も含め、この街のディープな事情には詳しい。

「お疲れさん。今日は財布の中身ちゃんとあるか？」

すっかり定位置になった、鉄板正面のカウンター席に腰掛ける貧乏下宿人に、怜路は挨拶代りと化した問いを投げる。だが最初の二、三回は真面目に答えていた美郷も、そのうちおざなりに「ハイハイ」と言うようになり、最近では「無いから安い物頼みます」などと抜かすようになっていた。

どうやら本日もそのパターンらしく、メニュー表を眺めながら「うーん、あんまり」などとむにゃむにゃ言って、胡瓜の浅漬けを注文してきた。

噂話をしていた親父どもが撤収すると、怜路は美郷に鹿の話題を振った。

「ああ……もしかしたら、狗神《いぬがみ》か何かじゃないかって、ウチでも話題になってたよ。もしそうだとしたら、誰か使役者がいるってことだし厄介だって。前からちょいちょい、生きた動物を襲う熊が出たとかって話もあったけど、もしかしたらそれも同じヤツかもね……」

お冷片手に焼きおにぎりと胡瓜の浅漬けをつつきながら、美郷が困ったように眉尻を下げた。そうだなぁ、と怜路も頷く。狗神は呪術で生まれる妖魔――蠱毒の一種だ。自然発生したもののけの類とは異なり、明確な悪意を持って造られ、使役されているモノである。

その造り方は残忍で、生きた犬を首だけ出して土に埋め、餓え尽くしたところで目の前に肉塊を置く。餓えた犬が必死に首を伸ばせど肉に届かず、犬の執念が肉に集中したところを見極めて首を刎《は》ね、それを祀って狗神とするのだ。ゆえに非常に執念深く獰猛《どうもう》で、少し扱いを間違えれば術者にも害を及ぼす、大変厄介な使役だった。

「ところでオメーは、もうちょっと単価高いモン頼みやがれ。ウーロン茶くらいは飲め。手持ちがなけりゃ家賃にツケといてやるからよ」

「いらないです」

即答で拒絶する貧乏下宿人に、怜路は呆れ顔をする。押しの強いタイプではないくせに、存外言うことを聞かない。特にここ最近は涼しくもなり、仕事にも慣れて自信がついたのか、以前よりも自己主張が強くなったような気がする。

「確証はないけど、さっき言ってた、熊だと思ってたやつも狗神だったとしたら……結構長い間、巴の周りをウロウロしてたことになるんだよね。その前から、北隣の市で大きな野犬が出るって話もあったらしいし。まだ人間襲ってないのが、不幸中の幸いだけど」

ぶつくさこぼす美郷に、へえ、と頷いた怜路はこれまでの出現場所を尋ねた。本来漏らして良い情報なのかは怪しいが、「お前も情報提供よろしく」と言って美郷は話してくれる。狗神と思しきモノは、北東の市境辺りをしばらく彷徨っていたようだ。しかし、今回鹿の遺骸が発見されたのは、旧市街のある巴盆地の南西側である。

北東から南西へ、狗神らしきものは巴市を斜めに横切って、狩野家のある方へ移動していた。

「――人間の被害が出る前に絶対に捕まえないと。呪詛だけは絶対に許せない」

重たい声で呟く美郷に、そうだな、と小さく怜路は頷く。散々な目に遭わされてきた美郷は、呪詛に対する怒りも強いのだろう。

有り難く情報を受け取って協力を約束した怜路は、ひとまず串焼き一皿を貧乏公務員へ奢ってやった。

腹を満たした美郷が店を出るのを見送る。ついでに休憩と、裏口に凭《もた》れかかって煙草に火を点けた。ズボンのポケットから和紙を取り出し、怜路は煙草を銜えたまま折り紙のように折り始めた。

（やれやれ、いよいよか……。しっかし、どうもマジで目くらましが効いてたンだろうなァ）

だが狗神も、いよいよそれを破るだけの力を蓄えたということだ。

東京から避難してきて、既に一年半。怜路の側も、準備くらいはできている。

（けど、ちと未練ができちまったかね…………）

今頃、安物の軽自動車を転がして家路についているはずの、下宿人の姿を怜路は思った。

一方、狩野家を目指し夜の山道を走行していた美郷は、大きなカーブを曲がったところで急ブレーキを踏んだ。車の前に動物が飛び出してきたのだ。どんっ、とバンパー辺りに何かがぶつかる衝撃が響いた。

「うわっ、撥ねた!?」

相手の大きさからして、狐狸か野犬の類である。急ハンドルで対向車線に飛び出していた車を慌てて路肩に寄せて、美郷は車から出た。対向車や後続車がいれば撥ねっぱなしで置いてゆくしかないが、道が道ゆえに美郷以外に通る車はない。放っておいては寝覚めが悪いと、美郷は撥ねた動物を捜す。

「いない。逃げたのかな」

気絶や即死していればともかく、少々の傷だと野生動物は逃げてしまう。そういった動物もおおかたは山の中で息を引き取ってしまうのだろうが、それに美郷の為すすべはない。仕方がないか、と美郷は車へ引き返す。

ぐるる、と車の上から唸り声が聞こえた。

驚いて視線を上げると同時に、生臭い吐息が額にかかる。

ハイビームにしたままだったヘッドライトの翳りから、けだものが美郷に襲いかかった。

（――狗神!?）

車のライトが邪魔をして、夜目が効かない。美郷は咄嗟《とっさ》に、相手の気配だけを頼りに手刀を繰り出した。重い手ごたえと同時に、けだものの気配が遠のく。

（やばい、見えない）

慌てて目を閉じ、狗神の妖気を探る。生臭い、獣の臭気の凝《こご》りのようなモノが美郷の数歩先にたぐまっていた。気配を逃さないよう集中しながら目を開く。

絶え間なく唸り声が聞こえている。まさか、自分が人間の被害者第一号になろうとは。さすがに美郷も驚いたが、ここで始末できれば人的被害を出さずに済む。

（とはいえ、お道具は何も持ってない）

切幣《きりぬさ》や散米《さんまい》等々、神道系浄め祓いのアイテムも、芳田が使うような密教法具も現在手元にはない。あまり武闘派ではないのだが、身ひとつで切り抜けるしかなさそうだ。

人差し指、中指の二指を立て、刀印を結んで破魔の剣を観ずる。

気合と共に、横に一閃薙《いっせんな》いだが躱《かわ》された。

俊敏な獣はガードレールを足掛かりに、再び美郷へ襲いかかる。美郷を、狗神の前肢が押し倒した。

伸び放題の汚れた爪が、美郷の肩に食い込む。

「――ッ！」

咄嗟に受け身をとったため印が解ける。恐怖が心に隙を開けた、一瞬だった。

ばちん、とシャツのボタンが上からふたつ弾け飛んだ。

首元から飛び出した白が視界を覆う。

滑り出す鱗が肩口を撫でてゆく。うねり出た真白い蛇体の向こうで、獣の悲鳴が聞こえた。尻もちをついたまま美郷は後ずさる。距離をとって夜目を凝らすと、白蛇に巻き付かれた狗神が、ぎちぎちと絞め上げられてもがいていた。

「白太さん」

ピンチを救ってくれた、己の体に居候する蛇の名を呼ぶ。普段扱いには苦労しているが、こんな時には頼りになる存在だ。

改めて、狗神を捕縛しようと美郷は体勢を整える。逃げられるわけにはいかない。

「緩くともよもやゆるさず縛り縄、不動の心あるに限らん。不動明王正末の御本誓を以て
し、この悪魔を搦めとれとの大誓願な――うわっ」

不動金縛りの術を繰り出そうとした美郷の顔に、何かが正面からぶつかってきた。詠唱を中断させられ、ぶつかってきたモノを払いのけた美郷は舌打ちする。見れば和紙で折られた鳥だった。和紙の鳥は、打ち払われて地面に落ちた瞬間燃え上がって灰になる。

美郷の悲鳴に気を逸らされた白蛇が、狗神の拘束を緩めてしまった。戻ってこようとする白蛇を止める間もなく、狗神が白蛇を振り切って逃げ出す。あっという間に、狗神は道路脇の繁みの闇へと溶けて消えた。

「あーっ。ったく、もう、戻ってこなくても大丈夫だったのに……」

情けなく嘆きを上げて、美郷は白蛇を迎え入れた。白蛇は美郷の身体に棲み付いている

居候であり、半ば美郷と癒合した分身のような存在だ。呪術で作り出す式神と違い、美郷の命令に忠実なわけではない。

突然の襲撃だったとはいえ、取り逃がしたのは悔しい。

だが多少なりとも情報は得られた。狗神の姿かたちや、使役者についてだ。美郷を妨害してきたのは、修験道系の術者が使う護法《ごほう》の一種だった。

「……蛇も嗅覚が鋭いんだよね」

体内に戻ってきた蛇が訴える。あの護法の術者をよく知っている、と。

しばらくその場に立ち尽くしていた美郷のポケットで、スマホがメッセージの着信を告げた。

『今まで目くらましになってくれて助かったぜ。家と中のモンは好きに使え。元気でな』

暗闇に光る液晶画面が、素っ気ないメッセージを残して暗転する。山の息遣いだけが支配する県道の端で、美郷はただ、真っ暗になった画面を見ていた。


「えー、今回の狗神につきまして、いっぺん話を整理しときましょう」

特自災害の小狭い事務室に、係長である芳田の渋い声が響きわたった。係長席と同じ島にある自席で、辻本は自分が作った資料に目を落とす。時刻は昼前。朝一番で宮澤から報告があった、狗神の襲撃を受けての緊急会議である。

この係の職員は十名で、芳田や辻本のような専門職員と、部署異動のある一般事務員が半々だ。事務連絡用の黒板に、持ち運び用のホワイトボードを貼り付けた芳田が、マーカーのキャップを抜く。

「狗神がこの辺りに来たんが、正確にいつ頃なんかはわかりません。目を付けられんように、山の動物を餌にしよったものと思われますから把握は難しいでしょう」

直近の被害は昨晩宮澤が襲われた一件である。それまでも、野生動物の変死がいくつか報告されていたが、それが「狗神によるものだ」とは思われていなかった。

「狗神の姿は、宮澤君が昨晩確認されとります。使役しとる術者が狗神に護法をつけとるようで、調伏の妨害を受けたそうです」

全体に説明しながらの芳田の目配せに、辻本の隣の席で宮澤が硬く頷く。

「護法を飛ばした術者も推測できとります。名前は狩野怜路、去年の春に東京から転入した若い男です」

芳田の言葉に、一部の職員の視線が隣に集まった。宮澤と狩野の関係を知っていた者だ。

辻本は顔を上げないまま、ちらりと宮澤の気配を探る。朝礼前、普段より早めに出勤してきた宮澤は、努めて冷静に報告を上げてきた。

恐らく眠れなかったのだろう。幾分憔悴した表情をしていたが、大きく取り乱す様子は見せていない。だが明らかに感情を殺した表情の宮澤は、普段の柔和な印象とは、全く違う硬質な空気を纏っている。今の彼を指して「鳴神の蛇喰い」と説明されれば、きっと誰しもすんなり納得するだろう。

「——しかし、これが本名かはわかりません。ちいと市民課にも無理を言いまして、住民票の確認やら戸籍の照会やらしてもろうたんですが……『狩野怜路』の住民票が東京都で登録されたのはほんの二年前、どうやら無戸籍者のようです。そいで問題なんは、実は今の狩野怜路が住んどる家には、全く同じ名前の人物がかつて暮らしておったということでして」

芳田の説明に、職員の幾人かが首を傾げた。午前中、市民課に掛け合って狩野怜路の身元を洗ったのは辻本だが、辻本自身も戸惑ったのだ。

「そりゃあどういうことなんです？　なりすまし言うことですか？　それとも、本人が戻って来ちゃったん？」

皆を代表して問いを投げたのは朝賀だ。ちなみに、「～ちゃった」という表現は広島弁で「～された、なさった」という意味合いの尊敬語である。こういった皆が戸惑う場面で、話を進めてくれる朝賀はありがたい存在だ。

「なりすましじゃろうと思うとります。巴市に住んでおった『狩野怜路』は、十年以上前に死亡消除《しょうじょ》になっとります。そいで、二人の『狩野怜路』の生年月日は違《ちご》うておりました」

　つまりあの「怜路」は、本来全く別の名前を持つ人物の可能性が高い。それが芳田の見解だった。

「狩野は修験道系の術者ですが、東京近郊の山にこの名の修験者は所属しておりません。どこぞに『本名』の登録があるんかもしれませんが、それよりは外法《げほう》僧いう可能性が高いでしょう。狗神は、飯綱《いづな》やら管狐《くだぎつね》やらとは違う外法ですからな」

　職員たちはおのおの、配られた資料に視線を落とし、メモなど書き付けながら芳田の話を聞いている。

　飯綱や管狐は、修験者が神仏に供物を捧げて何日も祈り、その眷属《けんぞく》である霊狐を賜って使役する術である。対して狗神の法は、自らの手で妖魔を作り出す邪悪な妖術だ。

「それで、狗神ですが。狩野が巴に転入してからだいたい一年半になりますが、この秋まで特別な被害を聞きませんでした。先ほども申しましたが、我々の目に入らんような小さい獲物を喰いながら、徐々に力を付けてきたんでしょう」

「係長」

　視線は資料に落としたまま、辻本は軽く右手を挙げた。

「なんでしょう、辻本君」

　芳田が発言を促す。

「どうして彼はわざわざ、こんな余所者の目立つ田舎に来たんでしょう。誰かに追われとる立場だったんでしょうか」

「それについては、去年の始め頃に東京の方で狗神使いが呪殺されて、狗神を奪われたという話がありましてな。どこにも記録が残らん類の事件ですが、時期と内容から考えて無関係いうことはないでしょう。私も向こうの同業者から噂で聞いておった程度ですが……いくら都会いうても、狭い業界ですからな。裏切者が出りゃあ容赦はない。制裁を恐れて、名前を変えて逃げて来たんじゃあなァかと」

辻本たちや、鳴神一門のような大きな組織まで含めても、本当に狭い業界である。その中でも、個人営業で身を立てている「拝み屋」たちの世間は更に狭いだろう。

口コミが最も信用される業界だ。同業者への顔が広くなければ旨い仕事は回って来ない。悪い噂の回りも早く、閉鎖的で裏切り者には厳しい。一般社会とはまた別の約束事が働く、特殊な世界なのだ。

「それと、巴市本籍地の『狩野怜路』君の死因は、事故か何かですか？　今時、十歳前後の男の子が亡くなるような話があれば、ウチのような田舎じゃあ有名になると思いますが……わざに、その名前を名乗るメリットが『彼』にあったんでしょうか」

顎をさすり、考え考え辻本は喋る。確かに、と周囲も少しざわめいた。隣の宮澤は沈黙を守っている。だが彼自身は、誰より狩野本人の口からこれまでのことを聞いているはずだ。

狩野は宮澤が「目くらましになった」と言ったそうだ。

それは、狩野が抱える狗神の臭いを嗅ぎつけられないため、という意味だろう。東京で仲間を殺して狗神を奪った狩野が、狗神を巴市に隠すための煙幕として、強大な蛇精の気配を抱える宮澤は大いに利用価値のある相手だったのだ。

狩野家に下宿した経緯は、辻本も宮澤本人から聞いている。彼の口から聞く狩野は面倒見が良く大らかな人物で、歳の近い二人は良い友人同士のように見えていた。宮澤のことを考えれば「狩野怜路」が、全く虚構の人物などであって欲しくない。

「十数年前の、狩野怜路の消除理由は水難による認定死亡です。彼の家族も同様ですな。親子四人が、川に流されて行方不明になった事故がありました。起こったのが巴市内じゃあなかったのもあって、あまり有名にはなりませんでしたが……」

認定死亡とは、水難事故や火災などで行方不明者の遺体が見つからない際、官庁公署が職権で戸籍を死亡扱いにすることだ。

「ですから逆に、彼がほんまに巴市の狩野怜路なら、ウチへ申し出て認定死亡を取り消せば戸籍も回復します。それをせずにおることが、彼が偽者の可能性を高めるとも言えますな」

なるほど、と頷いて辻本は腕を組む。何か芳田の仮説に綻びがあればと思ったが、辻本の考える程度の可能性は芳田も潰した後らしい。

ただ、「彼」が一体どうやって「狩野怜路」の存在を知り、成りすます相手として定めたかまでは分からない。巴は、東京から見つけるにはあまりにも遠く、奥まった場所に思える。だが、きっとだからこそ「彼」にとっては、絶好の隠れ家になっただろう。

「狩野本人は、記憶喪失で子供の頃の記憶がない言うとるそうですが、これはあくまで自己申告です。もし仮に彼が本物の『狩野怜路』で、巴に居《お》った頃のことは覚えとらんいう話なら、今度はどうやって、なんで巴に帰って来たんかいう話になりますけえな」

それよりは、意図を持って「狩野怜路」を名乗り、その名を利用して、既に第三者に売却されていた狩野家を買い取った、という方が筋が通るだろうと芳田は言う。狩野家の前の持ち主——本物の狩野の親族から、家や土地を買い取った人物は全く別に存在するのだ。

「ほかに何か確認したいことがある方は居ってですか？　……居ってんないようなら、今後のウチの対応に移ろうと思います」

職員たちが、おのおの軽く頷く。宮澤も小さく顎を引くのが、視界の端に映った。

「ウチとしましては、犯人捜しも必要ですが何より『被害を出さんこと』を最優先にせんといけません。早急に狗神の方を捕縛する作戦を練って、実行したいと思います」

特自災害は警察ではない。呪術者を逮捕するのが本分ではなく、あくまで仕事は「防災・減災」だ。

「次に狗神が出る先に、あらかじめ罠を張る方法は難しいでしょう。相手の獲物に、現状共通項はないですからな。ですが今後、人間を襲うだけの力を付けた狗神が、何か目的を持って動く可能性もあります。その前に、狗神が狙いやすい餌を各所にぶら下げて、罠を張ろうと思います。もし狩野怜路の氏名生年月日が本物なら、言うてみれば『重要参考人』の彼の居場所を、私のほうで探ることもできますが……それも難しいようですけえ。手が回るようであれば、こちらは何とか警察にも話をしてみましょう」

呪術の世界では、その人間の名前と生年月日、出生地が分かれば相手を占ったり呪ったりと様々なことができる。普段であれば、市役所にある特自災害は大きなアドバンテージを持っているのだが、今回はそれがない。

「あのっ」

と、ここで今までずっと黙っていた宮澤が声を上げた。係員の視線が宮澤に集まる。

「――それでも、一応占術を試してみることはできないんですか？　僕の知ってる『怜路』の方でも、死亡消除されてる狩野怜路の方でも」

人気のない限界集落を「住み心地が良い」と言った彼の大家が、何かから逃げ隠れしていたのだとしても不思議はない。朝の報告時、宮澤は俯き加減でそう言った。それでも、半年間ひとつ屋根の下で暮らした友人の、何もかもが嘘だったとは、宮澤とて信じたくないのだろう。

「宮澤君の知っとる『狩野怜路』は、十中八九偽名ですからな。もしかしたら生年月日は自分のモンを使《つこ》うとるかもしれませんが……それに、ウチにゃあそがに占術の得意なモンが居りませんでしてな。私がやるんじゃあ一回占うんに、準備も含めりゃあ一日はかかります。狗神が人間を襲い始めとる今は、それに時間をかけておれる状況じゃあ無ァですけえ」

占術と呪術は別の技能である。無論、両方が可能な術者もいるし、宮澤のいた環境、鳴神当主の子息という立場であれば、呪術も占術も一通り覚えたかもしれない。だが、技術職員が五人しかいない特自災害には、占術専門の術者を置けるような余裕はなかった。単に「占い」と言って、特自災害や鳴神が扱うものは、道端の辻占とはかかる労力や時間も全く異なる。

「申し訳無ァですが、宮澤君にも、まずは狗神捕獲の方に動いて貰わにゃあいけません。もしかしたら君も、占術を試せるんかもしれませんが……さっきも言うたように、ウチの係の仕事は『市民を守ること』ですけえな」

宮澤の心情を考えれば冷酷かもしれないが、市役所の一部門として、特殊自然災害係はその使命を最優先にしなければならない。そのために、どう作戦を立ててリソースを割くか、決断し、責任を持つのは芳田である。呪術者としての宮澤を、戦力から外すことはできないという判断だ。

「さっきもちょろっと言いましたが、警察に協力を貰うて、事務職員の方で捜索することはできます。それでご理解ください」

「……はい。了解しました。ありがとうございます」

宮澤がぺこりと頭を下げる。当然まだ未熟な部分はあっても、冷静に相手の話を聞いて、状況を理解できる頭の良い青年だ。辻本が横からそっと窺う表情にも、大きな曇りはない。疑念を残さないために確認しただけなのだろう。

ちなみに、「狗神使役犯」などという罪状があるわけもなく、今回の事情をそのまま理由にして、警察が動くことはできない。しかし一方で、警察が匙《さじ》を投げた話が特自災害にくる場合もあり、もちつもたれつの関係だ。なにがしか理由をこじつけて、捜査してもらう根回しを芳田がするのだろう。

「それでは、事前にそれぞれ話をさせて貰うとりますが、改めて分担を指示します。質問意見のある方はこの場で確認をしてください。まず、大久保《おおくぼ》君――」

辻本や宮澤を含め専門職は全員、狗神捕縛の仕事が割り振られた。狩野の追跡はあくまで警察や市民課との連携と住民情報を頼るため、一般事務職の人員に任される。

顔を上げ、今度こそ辻本は宮澤を見遣る。

能面の小面のように白く整った横顔が、静かに手元に視線を落としていた。

美郷が狗神に襲われた夜、怜路は帰宅しなかった。

眠れぬ夜を過ごした美郷は目の下に隈《くま》を作って早々に出勤すると、どうにか昨夜の一件を報告した。正直、仕事を休んで草の根を分けてでも捜してやりたい気分だったが、そんなわけにもいかない。

鬱々とする気持ちと苛立ちを押し殺して、どうにか午前の業務をこなした美郷は昼休憩に入る。普段は毎朝予約する仕出し弁当を自席で食べているが、今日はどうにか休憩中だけでも一人になりたい。弁当を受け取った美郷は落ち着ける場所を探して、ふらりと館内を彷徨う。

屋上へでも行ってみようかと階段を目指していると、廊下で立ち話をしている労働組合専従職員に捕まった。終業後、勉強会と飲み会に出席しろという。

「お断りします」

自分でも驚くくらいの、低く冷たい声が出た。声をかけてきた職員と、共に立ち話をしていた（というよりは恐らく、職員に捕まえられていた）男性職員が目を丸くして凍り付く。よく見れば、捕まっていたのは広瀬だ。

「いや、キミもウチの組合員じゃけぇね、新入職員の皆には全員参加してもらうようにしとるけえ……」

「お構いなく。今仕事が立て込んでますから、出席はできません」

いつもならば愛想笑いのひとつでも浮かべて、無難な断りの文句を捻り出すところだ。だが生憎現在、そんな余裕は一ミリもない。新人の生意気な態度が癇《かん》に障ったのか、表情を引き攣らせた専従職員が多少語気を強める。

「組合活動は職員の権利じゃけえね、係長にでも言って帰らしてもらいんさい。勉強会はこれから働いていくために、皆知っとかんといけん重要な内容ばっかりじゃけぇ。飲み会の方も、宮澤君も部署に籠ってばっかりおらずに、こういう時くらい皆と話をせんといけんで」

「権利であって義務ではないでしょう。余計なお世話です。権利云々おっしゃる前に、おれの昼食と休憩の時間を浪費させないでください」

体格の良い専従職員に廊下を塞がれて、イライラがつのっていた美郷は完全に舌鋒《ぜっぽう》のブレーキを踏み損ねた。

「宮澤君、僕は君のためを思うて……」

「邪魔だと言っているんです」

言い切った瞬間、専従職員が顔色を変えて固まった。同時に誰かが噴き出したような声もしたが、気にせず美郷は職員の横をすり抜ける。速足で廊下を横切り、階段を上がって屋上へ辿り着いた。幸い、誰もいない。

屋上の端に座り込み、うろこ雲が浮かぶ秋空を見上げる。正直な話、食欲はなかった。何にそんなに傷付いているのかと、自嘲の声が内側から響く。

美郷は一度、呪詛を喰らって生死の際に立たされた。高校卒業寸前の頃だ。美郷を疎んだ、一門の者の仕業だった。内側から身を喰らう蛇と一昼夜格闘し、喰い合いに勝ってまだ息をしている。

あの日心に焼き付いた、どうしようもない理不尽への怒りを、忘れる日は来ないだろう。その分、呪詛という行為への嫌悪も強い。何とか生き残りはしたものの、家も、高校までの友人も、全て捨てることになったのだ。美郷を襲った禍《わざわい》は、ただ理不尽に美郷の人生を踏み荒らして行った。

「でも……裏切られたと思うのなんて、おれの勝手なんだよな」

膝を抱えて溜息を吐く。怜路はたまたま路頭に迷っていた美郷を見つけ、蛇憑きと分かっていて家に受け入れた。その事実に変わりはない。蛇を気にせず居てくれるのが嬉しかったのも、狗神使いと知って辛いのも美郷の都合だ。怜路の知ったことではないだろう。たとえ「怜路」が本名でなかったとして、彼から受けた恩が消えてなくなるわけではない。

(だけど、なんで)

薄いうろこ雲を越して、柔らかな光が差している。風は日に日に冷たくなる季節だが、日差しの下ではまだ凍えることはない。

しばらくうずくまって固まっていた美郷の傍らで、屋上の扉が控えめに開いた。蝶番の軋む金属音に、のろりと美郷は顔を上げる。

「……宮澤」

顔を覗かせたのは広瀬だった。予想外の相手に、美郷は心底驚いて目を丸くする。その顔が余程間抜けだったのか、扉から出てきた広瀬がぷっと笑った。さっき、組合の男から逃げた時に笑っていたのも、そういえば広瀬だったのかもしれない。

「えっ、どしたの……？」

驚きに憂鬱な気持ちが吹き飛んで、美郷はまじまじと相手を見上げた。きまり悪げに微苦笑した広瀬が、美郷の近くにしゃがみ込む。美郷ではなく、空に向かって広瀬は言った。

「さっきのアレが痛快だったんで、ちょっとな」

それだけ広瀬も組合の誘いに辟易《へきえき》していたのだろうか。はあ、と間の抜けた応《いら》えを返す美郷に、向き直った広瀬が目を細めた。

「宮澤の怒ってるところ、初めて見たわ」

「はは、そうだっけ？」

少し冷静になって思い返せば、随分と随分な口をきいてしまった。今後が思いやられると内心頭を抱える美郷に、ははん、と自嘲気味に笑った広瀬が頷く。

「初めてだよ。宮澤ってさ、いっつもニコニコしてて、真面目すぎず、軽すぎず、勉強もそこそこ運動もそこそこ、目立つところはないけど良いヤツだと思ってたわ」

過去形なのか、と心の中だけで突っ込む。そうなるように、心がけていた覚えはある。当時もただでさえ「陰陽師の息子、しかも婚外子」などという面倒臭い肩書きがあった。突っ込まれて厄介なことになるのは御免と思っていたのだ。

「——けど、お前卒業式の時変だっただろ。明らかに顔色悪くてさ。なのに……」

向けられる笑顔も、態度も今までと全く変わらなかったことで気付いたという。

「宮澤の『笑顔』は『無表情』とおんなじモンだったんだな、って。……俺はもうちょっと、お前と仲いい友達だと思ってたのにな。挙句、携帯は不通、実家にもいない、進学先も不明。そこまで来れば俺みたいなのでも、実家と何かあったことくらい想像できる。けど、何にも漏らしてこなかったお前はさ、俺のことなんて、書き割りくらいに思ってたんじゃないかって……そんで、再会したと思ったらソレだし」

美郷の頭を指差して広瀬が意地悪く笑う。反応に困って、括った髪の先をいじり始めた美郷だったが、改めて最大の疑問を口にした。

「それじゃ、なんで今日」

今、美郷の隣に、広瀬が笑って座っているという状況を全く飲み込めない。今までずっと嫌われたのだと思っていたし、広瀬の話によればその原因は、結局先に美郷が彼を裏切ったからだ。

「お前、あんな怒り方すんだなーと思ってさ。初めて宮澤の、本物の表情が見れた気がする。組合のオッサンを一刀両断したの、めちゃくちゃカッコ良かった」

それで追いかけて来たのだと、笑いながら広瀬は言う。予想だにしなかった答えに、更に美郷は困惑した。単に余裕がなくて醜態を晒しただけだ。その何がここまで、広瀬にウケたというのか。

「何があってンなに余裕ないのか知らんけど、マジな顔してると……なんつーか、美人だよな宮澤」

「はぁっ!?」

今度こそ無遠慮に聞き返してしまった。こちらが煮詰まっている時に、広瀬は一体どうしてしまったのか。美郷の反応がツボにはまったのか、ケタケタ笑い始めた広瀬を呆然と見返す。そういえば、わりとノリの良い奴だった。それこそ、人畜無害の猫を被って息を潜めていた美郷にも、親しく接してくれるようなクラスの人気者だった。

「ええ……いや、なに、お礼言ったらいいの？　申し訳ないけどおれ今それどころじゃ……」

「だろうな。で、どうそれどころじゃないんだ」

笑いを収めた広瀬がニヤリと訊いてくる。力いっぱい渋い顔をしてしまった美郷に、再び愉快そうに広瀬が目を細めた。

「そんな面白い話じゃないよ。おれの――」

友人で、恩人だと思っていた人物が、狗神使役をしていた。狗神をはじめとした、人の手で妖魔をこしらえて使役する「蠱術」は美郷にとって最も嫌いな呪術で、とてもショックを受けている。一方、最近暴れている狗神と己の関連をばらしたその友人は、ロクな説明もしないまま雲隠れしてしまった。このままでは、狗神の始末と同時に友人を捕えなければならなくなる。

「本当の名前も、向こうで何があったのかも、結局何も知らなかったんだなって。狗神使いで、それも他人の狗神を奪った奴かもしれないとか……そういうのを聞いて、それで裏切られたって思うのとは何か違うんだけど。なんだろう、ちょっと優しくされて、おれだけ仲良くなった気になって、でもあいつは――」

本当に美郷のことを、目くらまし程度にしか思っていなかったのか。

相手を殺して他人のものを奪うような男ではない。そう信じたいけれど、どちらにせよ自分に何も明かしてくれなかったことは変わらない。怜路への恨み言と自分の不甲斐《ふがい》なさを取り留めもなく語りながら美郷は、今自分が感じている怒りや苛立ちと、高校卒業時に広瀬が感じたものは大差ないような気がし始めた。

最初は荒かった語気が、気付くにつれ次第に大人しくなる。

広瀬も同じことを思ったのだろう。ふーん、と軽い口調の相槌で聞いていた広瀬は、美郷が口を噤《つぐ》んでからぽつりと言った。

「――親しいと思ってたヤツに、突き放されるのは辛いよな。信じてたのに裏切られたっつーより、『信じてもらえると思ってたのに、そうじゃなかった』って感じが……意外とこたえる」

そんなに自分は無価値だったのか。信用がなかったのか、それとも、心を開くに値しない、その程度の存在だったのか。自分の中で、相手が重要な位置を占めていた時ほど怒りや悲しみは募る。頼ってもらえることは、必要とされること。人は誰かに「必要とされたい」と思う分だけ、その相手を「必要としている」ものだ。

「狗神なんて、いつまでも制御できるような代物じゃない。使えば使うだけ邪気を溜め込んで大きくなって、いつかは術者を喰い殺す。そうじゃなくても、使役に失敗して返されれば、自分を襲って来るんだ。あんなもの……」

美郷の苛立ちは義憤ではない。怜路が本当にやったのかも分からないような、遠い場所の話に怒っているわけではない。ただ、何も言ってもらえなかったこと、何もできないこと、美郷の手が届かない場所で、怜路が己の身を蔑《ないがし》ろにすることが悔しいのだ。

いつの間にか膝を抱え込んで、美郷は広瀬を相手に不満や不安をぶちまけていた。こんな現実離れした話にも特別拒絶反応を見せず、広瀬は相槌を打ちながら聞いてくれる。

「てことは、宮澤を目くらましにしたってのは、裏切った仲間に追われてる、隠れ蓑《みの》にしたってことか？　えげつねぇな、それ。ホントにアパートのダブルブッキングも偶然か？　ソイツ、宮澤が使った不動産屋に出入りしてたんだろ？」

怜路と面識のない広瀬が、容赦のない推論を展開する。最初から、全て怜路の思惑どおりだったのではないかと。

「わからない。それはないと思いたいけど……確かめるためにも、見つけないと」

対面して、何を言うのか自分でもよく分からない。救いたいのか罰したいのか、信じられない気持ちもまだまだある。美郷の白蛇は、これまで一度も狗神の匂いなど、怜路に感じたことはなかった。

「ふうん……まあ、とりあえず飯食って頑張れよ。そろそろ休憩終わるぞ」

言って、昼休憩をほぼ丸々邪魔してくれた男が立ち上がった。確かにもうあと五分ほどしか休憩時間が残っていない。冷えた弁当を食欲のない腹に押し込むには、あまりに短い猶予だ。しかし、美郷は立ち上がった広瀬を見上げて微笑んだ。広瀬のおかげで、だいぶ心が軽くなった。

「ありがとう、色々聞いてくれて。頑張ってみるよ」

目を合わせた広瀬が軽く目を見開く。明後日の方向を見て溜息を吐き、「おう」と小さく返した。

「じゃあな」

それだけ言い残し、屋上の金属ドアはバタリと閉まった。


主を失った狩野家は、しんと静まりかえっていた。

否、そう思うのは単なる美郷の感傷で、実際には昨日までと何の変わりもない。美郷が帰宅した時間には怜路は出勤していることが多いゆえ、夕闇に沈む屋敷と、小さなもののけの気配で満たされた中庭ばかりが美郷を迎えるのはいつものことだ。

いつもどおり、まずは離れの自室に帰る。

怜路のいない居酒屋に寄る気にはなれず、さりとて家の冷蔵庫にも夕食はない。結局コンビニで買って帰った弁当を、レンジに放り込んで温めボタンを押す。ピロリン、と歌うレンジから離れ、美郷は冷蔵庫から麦茶を取り出した。

中庭からは、騒がしく虫の音が響いている。いつの間にか、蛙の歌は遠くなっていた。中庭に面した掃き出し窓を全開にする日も減り、朝は冷え込んで深い霧に包まれることも多い。

「一人ぼっちなのかあ……」

なんとなく、声に出してみた。

狩野家は田畑を見下ろす高台に、里山に抱かれるように建っている。最も近い「お隣」

すら数十メートルは離れており、その家も土日にだけ車がとまっていた。普段は空き家なのだ。

隣人の生活音が聞こえるような、集合住宅の「一人暮らし」ではない。本当に、誰もいない。自分以外にこの家に帰ってくる者のいない夜は、あまりにも静かだ。

一年間。怜路はここで独り暮らしていた。

息を潜めての逃亡生活だったのだろうか。

縁もゆかりもない片田舎の空き家に入り込んで、誰が暮らしたとも知れない家で、自分の名前すら偽って独りの夜を越えたのだろうか。

怒りや悔しさが通り過ぎた胸を、疲労感と空しさが占拠する。

ぴーっ、ぴーっ、と、とっくに弁当を温め終えたレンジが不平を漏らす。早く取りに来い冷めるぞ。小さなちゃぶ台にコップと麦茶を置いて、ぼんやり窓の外を眺めていた美郷は「はいはい」と小さく返事した。

少し冷めた弁当をかっこんで、風呂支度を始める。朝のうちは仕事が終わってからでも一人で、怜路を捜しに出かけようかと思っていた。しかしそれは芳田と辻本にあっさりと見抜かれて釘を刺された。組織の一員である以上、業務時間外とはいえ身勝手な行動で事態を混乱させるわけにはいかない。それにとにかく、今日は疲れ果てている。

突然傍らのスマホからメロディが鳴って、数日前アラーム設定したテレビ番組の開始時刻を告げた。

美郷はまだテレビを買っていない。普段熱心に見る方ではないし、どうしても見たい番組があれば怜路の部屋に上がり込んでいたからだ。ブルーレイレコーダ付きの大型テレビが、雑多に物の散らかった母屋の茶の間に鎮座している。

少しでも気が紛れるか、それとも主不在の部屋に空しくなるか。分からないまま、ふらりと美郷は母屋へ足を向けた。そういえばあの男は、多少なりとも荷物をまとめたのだろうか。残っているものを好きに使えということは、もう二度と帰って来ないつもりなのだろう。

（バレるから逃げたっていうより、まるで――）

死期を悟って消える猫のようだ。脳裏をよぎった可能性にぞっとして、美郷は首を振った。根拠など何もない。

裸電球が照らす暗い北側廊下を歩いて、怜路が使っていた茶の間を目指す。途中、トイレと風呂の前を過ぎて、小さな納戸の前に差し掛かった時だった。

ざわり、と内側から腸《はらわた》を撫でられた。

飼っている白蛇が、何か主張した時の感覚だ。

「……ここに何かあるの？」

蛇は納戸の中へ行きたがる。蛇の意思に従って、美郷は襖の引手に手をかけた。どうせ今の気分では、番組に集中することもできないだろう。

以前よりも随分と、蛇に寛容になったなあと他人事のように思う。巴に来た頃、誰とも共有できるはずがないと思っていた白蛇は、いつの間にやら「美郷のペット」になっていた。辻本や芳田が何でもないことのように扱ってくれたのもある。だが一番は、怜路が動じず受け入れてくれたからだ。

「なあ、白太さん。おれたち、この家に来れて良かった。怜路が大家で、良かった」

敷地の広いここは学生時代の寮生活と違い、うっかり蛇が抜け出してもそう人目には触れない。唯一、目撃機会のある大家が気にせずいてくれれば、美郷は蛇の脱走にあまり神経を尖らせず眠ることができた。何より当たり前の存在として、白蛇の存在を話題にできる初めての相手だった。

滑りの悪い襖を開けた。両面が押入れ、正面の先は客間と、四方を襖で囲まれた四畳半ほどの空間が闇に沈んでいる。

「――あれ、ここって」

美郷は一度も開けたことのない部屋のはずだが、見覚えがある。何故だろう、としばらく考えて、思い至った答えに頭を抱えた。

「そうか、白太さんが……」

以前、美郷の寝ている間に、逃げ出した蛇が入り込んだ部屋だ。美郷は白蛇の視界を完全に追えるわけではない。夢の中の記憶のように曖昧だが、確かに見覚えがあった。あの時、怜路に蛇を目撃されたのだ。

闇に慣れた目を細めて、和風ペンダント型蛍光灯のスイッチ紐をつかまえる。カチン、と引っ張ると視界が明るくなった。黄ばんだ光が狭い部屋を照らす。

腹の内側で、蛇が主張する。

「なに、この押入れ？　うわっ」

指示されるままに押入れを半分も開けないうちに、蛇が美郷の首元から逃げ出して押入れ上段の奥へ入り込んだ。

「ちょ、ちょ、白太さん！　何やってんだお前!!」

慌てて美郷は、かび臭い押入れに頭を突っ込む。何か美味そうなモノの気配でも感じたのか。

この蛇は、人間を襲ったりはしない。普段は美郷の中で大人しくしているし、美郷から抜け出して散歩した時も「おやつ」にするのは辺りにいるものの類だ。

いくつも積まれた段ボール箱の奥、押入れの突き当たりに置かれた金属製の行李《こうり》の上に、一抱えほどの風呂敷包みが二つ並べられていた。手前の段ボール箱を床にどかすと、白蛇が二つの風呂敷包みに巻き付いて美郷を見ている。

「これを開けろってことか。……かなり大切にくるまれてるな」

持ち上げると、存外重たい。ひとつずつ丁寧に取り出して、美郷は包みを解き始めた。

白蛇は包みと共に大人しく引き返し、美郷の肩に襟巻よろしくとぐろを巻く。

(意図的な封じ、じゃないな。何だろう。「忘れたい」って気持ちがそのまま呪になったのか)

結び目に触れる指先から、悲痛な想いが伝わってくる。

忘れてしまいたい。なかったことにしたい。だが、捨てられない。

ただただ、視界から消して忘れることしかできず、だが粗末にもできない大切な、大切なもの。愛おしさと悲しみをありったけ込めて「包み」「結ぶ」行為が、意図せず強力な封印を作ったのだろう。ひとつ結び目を解くたびに、中から強い霊力が滲み出てくる。

「……巴人形。そうか、ここのお祖父さんお祖母さんが」

艶やかで、彩色も褪せぬ土人形に美郷は触れる。狩野家の若夫婦と二人の子供は、レジャーに出かけた先で水難事故に遭い消息を断った。そしてこの家には、子供たちの祖父母である老夫婦が残されたそうだ。彼らも数年後には亡くなりこの家は空き家となったが、きっと老夫婦は帰らぬ子と孫の遺品整理を、身を削《そ》がれる思いでしたのだろう。

ふたつの包みは、天神人形と娘人形、それぞれ男児と女児に与えられる巴人形だった。間違いなく「狩野怜路」とその姉のものだろう。

しかし何故、一度は全くの第三者に売り出されたこの家に、巴人形が残っていたのだろうか。不思議に思いながら人形に手を伸ばした美郷は、あることに気付く。

「この天神人形――」

この家の住人だった「怜路」少年の天神人形は、肩口から大きくひび割れている。真っ二つになる寸前のものを、大切に布でくるんで保定してあるのだ。既に一度、護り人形として少年の災厄を引き受けたのであろう。割れた天神人形から伝わる力は弱々しい。

一方で、姉の娘人形はひびひとつない完品だ。これは多分、娘人形の守護する相手が健在だからではない。触れる人形から伝わる哀哭《あいこく》が、そう美郷に教える。

もぞもぞと体内に帰ってきた蛇が、内側から囁いた。――彼らはずっと呼んでいた、と。

人形に触れた指先から伝わる、苦しいほど切実な呼びかけに美郷は唇を噛む。

美郷は、艶やかな人形たちを撫でた。

封じを解かれた人形たちは、美郷に訴えかける。割れてしまった天神人形は儚《はかな》く祈るように、綺麗なままの娘人形は縋《すが》るように、強く。

『あの子を、怜路を救ってやってくれ』

誰のため、何のためのものかも分からないまま、涙が一筋、美郷の頬を伝った。

うつら、うつらと浅い眠りの中で、怜路は昔の夢を見た。

覚醒した途端にそれは輪郭を溶かし、代わりに軋む体が存在を主張する。車中泊も二日目になれば、それなりのグレードの普通乗用車でも腰が痛くなってきた。

昔といって、せいぜい二年くらい前まで暮らしていた場所の景色だ。大都会の片隅、清潔さ華やかさとは無縁の、雑多で、路地の片隅にたぐまる陰の濃い場所だった。その陰に半ば身を隠して、すねに傷を持つ者たちが肩を寄せ合う中に、怜路もそれなりに居心地良いねぐらを確保していた。

当時はそのねぐらを出ることなど、考えもしていなかった。半ば押し付けられるようにして手に入れた巴の家も、当時さして興味はなかったのだ。そして暮らし始めてもやはり、「仮住まい」という気持ちが強かった。――たとえそれが、怜路自身の「実家」だったとしてもだ。

ぶるりとひとつ身震いする。エンジンを切った車内は、明け方になると存外冷えた。シートを起こしてキーを回す。狗神の活動時間は夜だ。怜路を捜しているはずの狗神を待っていたが、いつの間にか眠り込んだらしい。

場所は山の中を通る国道の脇、とっくの昔に潰れたコテージ型ラブホテルの敷地である。勤め先の居酒屋を早退してから既に丸一日以上、怜路はここで狗神を待っていた。一応、居酒屋の隣にあるコンビニで数食分の食糧は買ってきたが、長期戦の用意はしていない。

「とっとと来い」と念じながら、秋の巴特有の、濃霧に押し包まれた車内で過ごした。

奇妙な場所だと、今更ながらに思う。なにせ、市役所に怪異対策係がある。それだけ「もののけ」――山霊の気配が濃い土地柄なのだ。

狗神に追われ、都会のねぐらを出て一年半。

一度は正面から戦い、大きく相手の力を削いだ。狗神は小動物などを襲って徐々に力を回復しながら、怜路を追ってきたはずだ。

もう少し早く見つかるかと思っていたが、思いのほか巴を押し包む濃厚な山霊の気配と、美郷の蛇が目隠しをしたのだろう。本来なら一直線に怜路を襲ったであろう狗神は、しばらく怜路を見つけあぐねたようだ。

だが、そんな期間も終わったらしい。いよいよ力をつけて巴市内で被害を出し始めたのであれば、怜路が片付けなければならない。

美郷に相談すれば力を貸してくれただろう。へらりとお人好しそうに笑う、柔和な美貌を思い出す。だがわざわざ意味深なメッセージを送って、誤解を招く真似までして出てきたのにも理由があった。

これ以上、他人に迷惑をかけては困る。

結局狗神が現れなかったのは、美郷に撃退されたのが存外効いたのか、はたまた全く別のところで暴れたのか。前者であってくれと怜路は願う。念のため美郷に付けた護法を介して、怜路は狗神と美郷の遭遇を知っていた。

「けど、アイツを返されたり、調伏されちゃ困るんだよ」

朝霧に沈む、しんと冷えた廃墟を睨む。

「早く俺んトコに来いや。テメェと地獄に落ちるのは俺だ」


広瀬孝之にとっての宮澤美郷は、高校生活の心残りだった。

温和で気の良い奴だと思い込んでいた友人の異変に、戸惑って踏み込めなかった。

その意気地のなさや、何も気付かなかった己の鈍感さに、ずっと引け目と後悔を感じてきた。そして何も言ってくれなかった相手への恨みも、高校生活最後のほろ苦い思い出として心の隅に、小さな棘《とげ》のように残った。

きっと、そんな相手は誰にだっている。広瀬にとっての宮澤は、出会って、すれ違って、過ぎ去ってゆく相手の一人で、二度と会うことはなく棘のまま残り続けるのだろうと思っていた。

その宮澤が今、カウンターの向こうを前のめりに歩いて来る。作業ズボンと市役所ジャンパーの上下で、今から外勤とすぐに分かった。どういう趣味で巴市が採用したのか分からない、真っ赤な生地に黒の襟が大変派手なジャンパーである。

傍らの時計は、午後四時を指そうかという頃だった。正午ごろまで空を覆っていた霧もすっかり消えて、だいぶ早くなった夕暮れまでの僅かな時間、秋の柔らかい光が大きな窓から差し込んでいる。

宮澤が目指しているのは、管財課に置いてある公用車の鍵らしい。住宅営繕係の前を横切る宮澤に、広瀬はじっと視線を向けた。だが、決死の形相の宮澤が気付く気配もない。

「おおい、宮澤」

仕方なし、広瀬は声を上げた。驚いた様子で目を真ん丸にして、「わっ、広瀬！」と宮澤が立ち止まる。どうやら今、随分と余裕がない状況らしいが、それを差し引いても結構薄情な男だ。

「ごめん、ちょっと考えごとしてて」

思ったことが顔に出ていたのか、宮澤が眉を下げてへらりと笑う。高校時代から見慣れた、宮澤美郷のトレードマークだ。それが宮澤の、他人に踏み込ませないための盾と知って以来、向けられると心がざわつく。

「考えごとって、昨日のアレか？」

自席を立ち、カウンターに寄りかかって広瀬は訊いた。カウンターがあるといっても、このフロアに一般市民の来客はほとんどない。他の職員も多く外勤している現在、フロアは閑散としていた。

決まり悪げに視線を逸らせて、宮澤が頷く。何か考えるように、丁寧に括られた長い髪をいじってから、宮澤が広瀬に視線を戻す。

「昨日はありがとう。アイツを捜せる目途が立ったんだ。今から、出ようと思って」

柔和で、育ちの良さそうな顔立ちをしている。にこにこヘラヘラしていることが多いが表情も豊かで、裏表があるタイプには見えない。だからこそショックだった。中性的な顔立ちによく似合っていると、見慣れれば思える髪型も、最初は頭が拒否した。

「へえ、良かったな」

対面する宮澤の眼には闘志が燃えている。自分を置いて行った友人を、追いかけて捕まえる気満々の顔だ。それに、心のどこかが羨望と嫉妬を訴える。刺さったままの小さな棘を、逆撫でされるような感覚だ。

誰のことが羨ましいのか妬ましいのか、広瀬自身にも判然としない。自分と違って躊躇いなく追いかけられる宮澤かもしれないし、宮澤にそれだけ心を向けてもらえる、彼の友人にかもしれない。

「なあ、宮澤」

再会初日、どんな態度を取ったら良いか分からず無視してしまった。

次に顔を合わせた時、宮澤はあからさまに距離を取ってきた。自業自得と分かっていても、広瀬から歩み寄る方法を思い付かなかった。能面の笑みの向こうに全て押し隠してしまった宮澤を相手に、手を伸ばしても無駄な気がして恐ろしかったのだ。

昨日、勢いで宮澤を追いかけてしまったのは、その仮面が綺麗サッパリ剥がれ落ちていたからだ。広瀬の知っている宮澤ならばへらりと笑って躱しそうな場面で、真っ向から相手を斬って捨てた。初めて見る、宮澤の本気の怒りは鮮烈で、広瀬はそれに思わず見惚《みほ》れた。

「――あの時さ、もし俺が卒業する前に声かけてたら、何か違ったことが起きてたと思うか？」

一瞬、怪訝そうな顔をした宮澤が、すっと表情を消した。普段の曖昧な笑みとオーバー気味の表情を除くと、冷たい美貌が現れる。黒い双眸は闇夜を映すように深く、自分とは全く別世界の人間のようだ。

「そうだな……申し訳ないけど、わからない。あの時おれは全然周りが見えてなくて、悪いけど、広瀬のことも頭になかったよ」

そうか、だろうな。と広瀬は頷く。結局、当時何が起きていたのかは分からない。ただ宮澤は、どうしようもないくらい追い詰められていた。事情が分からずとも、広瀬に向けられる笑みが誤魔化しと拒絶なのだと伝わるほどに。一歩踏み込んで、事情を訊けば良かったのか。広瀬はずっと、自問自答を繰り返してきた。

あの時手を伸ばしていたら、自分は宮澤を救えたのか。

再会して知ったのは、その問いすら傲慢だったということだ。宮澤は、広瀬が知らない能力を持っていて、広瀬とは別世界で当たり前に生きている。自分の取るに足らなさを改めて見せつけられた気がした。

(『救えたか』じゃない。俺が、宮澤の心に残れたかどうか……コイツのためじゃなく、自分のために俺は、あの時動けなかったのを悔いてたんだ)

心は簡単に、自分を騙《だま》そうとする。怖れに、後悔に、もっともらしい理屈を付けて言い訳し、他人に原因をなすり付ける。

「——でも、今こうやって、もう一回普通に話せるのは嬉しいよ。昨日も愚痴を聞いてもらって、頭の中の整理もできたし」

普段の誤魔化し笑いとは違う、本物の笑みと共に柔らかく宮澤が言う。

「うそつけ。お前は頭っからもう、追いかけるって決めてただろ」

広瀬はそれに、照れ隠しの苦笑いを返した。必要とされたいと手を伸ばして、必要ないと拒絶されることを恐れた広瀬と、最初から問答無用で追いかける気でいた宮澤は違う。広瀬は本当に、単に愚痴を「聞いた」だけだ。元々宮澤は、自分を騙し利用して置いて行ったのかもしれない相手を、捕まえに行く気満々だった。

「俺も、またお前と話せて良かったよ。悪かったな、引き留めて」

そう言って軽く手を挙げると、頷いた宮澤もひらりと手を振る。広瀬の元を離れた宮澤は、壁に並べてぶら下げてある公用車の鍵を手に取って、管理簿とホワイトボードに記名する。

「じゃ、いってきます」

やってやる、と決意の滲む強気の顔で、振り返った宮澤が口の端を上げる。綺麗にまとめられた長い黒髪が、その背で揺れた。

「おう」

短く答えて送り出す。しばらくそのまま、広瀬は宮澤の消えた方を眺めていた。


狗神使役は蠱術である。

惨い方法で餓鬼と化させた犬霊を使役し、古くは他人から財産を集めさせたという。使役系の呪法は様々にあるが、神仏の力を借りるでも狐狸鬼類を操るでもなく「自ら魔を作る」という点で、最も邪悪な外法のひとつだ。

サングラスをミリタリージャケットの胸ポケットに仕舞い、荒れ放題の駐車場で怜路は錫杖《しゃくじょう》を構えた。宵闇の中、獣臭い空気がふわりと漂ってくる。風上へと目を凝らせば、一筋の煙がたなびくように、狗神の妖気が漏れ出して見えた。

「ようやくお出ましか。待ちくたびれたぜ」

怜路に特別な「霊視」は必要ない。サングラスさえ外してしまえば、否応なく現世と魔境の景色が何の区別もなく視える。畏怖と若干の侮蔑《ぶべつ》を以て「天狗眼」と呼ばれるそれは、狩野怜路という人間を定義づけるアイデンティティでもあった。

記憶を持たない孤児。天狗の養い子。

自らを「天狗」と名乗る外法僧に育てられた怜路は、記憶の始まるその瞬間からアウトサイダーだった。今の自分に劣らず、大変胡散臭い格好をしていた養父は不在がちだったが、怜路が推定十五、六の頃にとうとう帰って来なくなった。どこかで野垂れ死んだのだろうと周囲は言ったし、怜路もそう思っている。

保護者を失った怜路を援助してくれたのは、似たり寄ったりの境遇で日銭を稼ぐ漂泊呪術者の類だ。その中に、狗神使いの男がいた。

狗神は、使役主が死ぬとその子供に憑くという。

生涯未婚だったその男は死後の心配などしていなかったが、ある時事情が一変した。遠い過去に関わった女性が男の認知外で、一子を産み育てていたのだ。知った男は血相を変える。男には、既に死の影がちらついていた。

ぐるるるる、と低い唸り声が廃屋の陰から響く。狗神は怜路を警戒していた。一度、消滅寸前まで追い詰めてやったことは覚えているらしい。

狗神は、それを作った術者に使役される。だが決して、術者を慕い恭順しているわけではない。呪法からしてもそれは当然だろう。己を埋めて餓えさせ、首を刎ねた相手だ。使役されながらも術者の命を狙い、徐々に寿命を削ってゆく。

狗神使いの男は、いまわの際に怜路に縋った。それまで物事に執着せず、飄々《ひょうひょう》と生きてきた男の豹変《ひょうへん》だった。

父親のことなど何も知らない我が子に狗神が憑けば、その子供はすぐにでも喰われてしまう。どうか、その前に狗神を封じて欲しいと懇願された。

狗神を封じるのは簡単ではない。一度憑いた狗神を宿主の血筋から引き剥がすのは恐ろしく困難で、方法もほとんど伝わっていないのだ。元の宿主が死ねばすぐに子供の所へ行ってしまう上、狗神を調伏しようと痛めつけると、狗神の憑く使役主の身命まで傷つける。

前回、狗神を虫の息まで追い詰めた時は、まだ使い手の男が生きている間だった。

そして、使い手だった男は既に亡《な》い。

「ほらよ、お前さんの本体はココだぜ」

ポケットから犬のしゃれこうべを取り出して、片手で玩びながら怜路は笑う。一際、狗神の唸りが大きくなった。狗神使いの術者は、刎ねた犬の首を呪具として狗神を使役する。怜路の持つしゃれこうべは狗神にとって、己の本体であると同時に、己を縛る鎖だ。これを手に入れ蟲術を「やり直す」ことで、怜路は狗神の宿主を自分に換える決断をした。

本体を取り戻しに、狗神が廃コテージの陰から飛び出してくる。闇の中の攻防が始まった。

犬の首を再びポケットに突っ込み、怜路は錫杖で狗神を払う。じゃん！　じゃりん！　と幾重に打ち鳴らされる金環の音が辺りに響いた。といって、迂闊《うかつ》に強くは叩けない。今の狗神の宿主は、呪術の世界を全く知らぬ一般人だ。

術者は刎ねた犬の首を呪符に包んで土に埋め、一千万回頭の上を踏ませることで狗神を己の物とする。死んだ狗神使いからしゃれこうべを預かった怜路は、再び呪符を用意してしゃれこうべを土に埋めた。

一千万回。大都会の改札口の下にでも置けば、アッサリと達成される数だろう。だが、巴市のような田舎の、それも土の露出した場所に限定すればそうはいかない。できるだけ人の多く来る公園にこっそりと埋めさせてもらったのだが、結局、当初の目算よりもかなり時間がかかり、夏になってようやっと準備が整った。

正直、狗神に嗅ぎつけられるまでに間に合うか危ぶんでいたのだ。春の時点で、既に県内まで辿り着いていた狗神が誤魔化されてくれたのは、「白太さん」の気配が煙幕になったおかげであろう。

あとは、この飛び回っている狗神に呪をかけるだけだ。飛び掛かってくる狗神の鼻っ面に護法を飛ばして距離を取る。割れたアスファルトの隙間に錫杖を突き立て、怜路は再び犬の首を眼前に掲げた。

——怜路《りょうじ》という この名を、付けた親の顔も知らない。

浅い縁のなかで恩の貸し借りをして、川を流れる木っ端のようにふらりふらりと生きてきた。赤の他人に拾われた命ならば、赤の他人のために捨てるはめになっても恨みっこなしだ。それで惜しみ惜しまれるほど、深い仲の相手もいない。

無責任に怜路を置いて消えた養父は、何を思ってか怜路の「実家」を買い取り残して行った。だが己の「実家」と知らされたところで、暮らした頃の思い出を一切持っていない怜路にとっては、そこも所詮は「仮の宿」だ。元々、長く暮らす予定などなかった。——あの家に暮らしていた「狩野怜路」は、とうの昔に死んでいる。

ただ、と思う。

脳裏を掠めるのは、いつも丁寧に括られた艶やかな黒髪。そして背中に覗く真珠色の鱗。心残りがあるとすれば、もう少しあの、家という過去を捨てて来た下宿人と暮らし、話をしてみたかった。

背負った業や、抱えた孤独。知らぬ自分と捨てた美郷で見える景色は違っても、見上げる空の遠さは同じだったかもしれない。

「……しっかし、あの名前は酷いと思うがね」

思い出して、笑いが漏れた。白蛇精を身に纏う、美貌の青年陰陽師。絵面があれだけ妖艶なのに、名前が「白太さん」はあんまりだ。折角、美郷本人の名前と容姿は耽美《たんび》なのだから、もう少し真面目にネーミングしてやれと思う。

楽しかった日々との惜別に動きを止めた怜路を、唸る狗神が窺っている。凄まじい臭気と涎《よだれ》をこぼす口から牙を剥き出しに、長く汚れた前肢の爪がアスファルトを削る。

「来いよ。俺の命をくれてやる」

怜路は狗神に語りかけた。その声音は、自分で思った以上に穏やかに響く。

狗神を怜路に移し換え、己の身体に封じ込めて出ようともがく狗神と命数の削り合いをする。狗神が勝ったとしても宿主の怜路が死に、怜路の先に憑く血縁などないため狗神も行場を失って果てる。万一、奇跡的に怜路が勝てば儲けものだ。到底、そんな自信などないが。

「――なァ、美郷ォ。いっぺん聞いてみたかったんだけどよ……呪物《まじもの》の蛇ってな、どんな味だった？」

面と向かっては聞けなかった問いが、白い呼気と共に夜闇に消える。似たような喰い合いに勝ったあの下宿人は、どんな景色を見たのだろう。

不意に、ざり、と背後で足音がする。

「美味いわけないだろ。バッカじゃないのか」

知ることはできないはずの答えが、怜路の真後ろから朗と響いた。

気圧《けお》されたように狗神が一歩退く。怜路は驚きに、緑銀の目を見開いた。

「清く陽なるものは、かりそめにも穢《けが》るること無し。祓い賜い、清め賜え。神火清明、神水清明、神風清明、急々如律令！」

凛と鈴を鳴らすように、美郷の呪が空気を変える。

ぱんっ、と高く柏手が鳴った。冴え冴えと凍てつく白刃の衝撃波が、同心円状に辺りを薙ぎ払う。打ち払われた狗神が弾き飛ばされた。駐車場を囲む植え込みに汚れた体がぶつかり、激しい音を立てる。

「な、ん……で」

呆然とする怜路の背後から、月光のように冷たく澄んだ風が、怜路の髪を揺らして臭気を吹き払っていく。

「待て美郷！　そいつを痛めつけるな‼」

慌てて怜路は制止に入った。

「理由は」

ゆっくりと怜路の隣に並んだ美郷が、低く問う。纏う空気同様、氷のように冷たく秀麗な横顔がちらりと怜路に視線を流した。普段と全く違う雰囲気に息を呑む。

「宿主にダメージが行く。相手は何も知らねえ一般人だ」

「それで、お前に憑けなおして始末するって？」

言いながら、美郷が不動明王羂索《けんじゃく》印を結んだ。全く攻撃の手を緩める気配はない。

「他にねェんだよ。俺が頼まれた仕事だ。邪魔すんな」

怜路は美郷の手首を引っ掴み、印を解かせて低く唸った。ちらりと視線を流した美郷が、鋭く怜路の手を振り払う。

「仲間を呪殺した嫌疑を被って、狗神まで肩代わりして、その依頼主は随分怜路の大切な相手なんだな……。それともソレも、赤の他人に返す恩か？」

冷たい言い方にむっとする。てめェに馬鹿にされる謂れはねぇ、と怜路は吐き捨てた。

「恩人の最期の頼みだ。守る相手の顔なんざ知らなくても、それで十分だろうが」

かみつく怜路を制して、美郷が一歩前に出る。「べつに、」と平坦な声が呟いた。

「お前の生き方を否定する気はないよ。そういうやり方で縁を繋いで生きてきたんだろ。でも、おれはその狗神の、本当の主の顔も名前も知らない。おれに宿を貸してくれたのも、素麺を茹でてくれたのも、お前だろ。怜路」

美郷が怜路を振り返る。漆黒の双眸が月光の霊気を宿して怜路を射貫《いぬ》いた。怜路の身体が硬直する。冷たくも苛烈な「鳴神の蛇喰い」が、怜路を見ている。

「おれが一緒にいたいのも、助けたいのも必要とされたいのも、顔も知らない相手や他の誰かじゃない。赤の他人ならどうなっても良いなんて言わないよ。でも『怜路』を、お前を必要として、お前の幸せを望む奴だっている。……おれや、お前の家族みたいに」

早朝、美郷が抱えて出勤した巴人形は、事態を大きく動かした。

美郷の大家のチンピラ山伏が本当の「狩野怜路」ならば、彼の名前、生年月日、出生地は全て特自災害で分かる。それらを使った占術で怜路の居場所を推測できたなら、餌を用意して待ち伏せをするより早い進展が期待できた。これで、職務として怜路を追える大義名分もできる。

それでも占術と作戦会議、事務手続きが終わって市役所を出られたのは夕方も近くなってからだ。

占術で分かったのは大まかな方角と、居る場所の抽象的な情報だ。スマートフォンの位置情報確認のようにはいかない。候補地をいくつか絞り、二手にわかれて、市役所本庁に近い場所から虱潰《しらみつぶ》しに当たろうと決まった。片方は芳田、もう一方は美郷がメインで狗神対処に当たる。美郷にとっては大抜擢だった。

自分のルートが当たってくれ。祈るような思いで、美郷は捜索ルートを選んだ。様々なことを美郷に任せてくれた芳田は、最後にこう言った。

『宮澤君にこれだけお願いするんは、君の友情を汲んでの話じゃあありません。まだ、狩野怜路が「何をやったんか」は分からんまんまですからな。君の能力を信頼してのことですから、現場の作戦判断は君に任せます。ですが、狗神や狩野怜路の処分は、辻本君と大久保君の指示に従うてください。ええですな？』

はい、と美郷は硬く頷いた。信頼され、任される責任感と、私情を挟むなという忠告が重く肩にのしかかる。それでも、この役割を誰かに譲るつもりはなかった。

辻本に後方支援、神道系で呪具の扱いに長けた大久保という先輩職員に補佐を頼んで、美郷は廃ホテルの駐車場へ乗り込んだ。美郷が選んだルートの三つ目で、白蛇が狗神の臭いを感知したのだ。

自分の手札を、出し惜しむつもりはない。

ホテルから離れた場所に車を置いて、狗神に気付かれぬよう全員に隠行を施して敷地に入る。周囲に明かりはないが幸いなことに、西へ傾いた半月が、澄んだ秋の宵空を照らしていた。

全力で狗神を追いつめる。仮にそれで、怜路にダメージが行くとしても止めるつもりはなかった。あらかじめ作戦として決めていたことだ。何よりもまず、狗神の無力化を最優先とする。朝から簡単な潔斎をし、自らの気を研いできた美郷は容赦なくそれを狗神にぶつけた。

結局、狗神は怜路のものではなかったらしく、顔色を変えた怜路に止められた。だが、方針を変えるつもりはない。

馬鹿じゃないのか。真相を察して、最初に出てきた感想だ。

「怜路。その頭をこっちに渡せ」

怜路が手に持つ、犬のしゃれこうべを指して言う。顔を歪めた怜路が「だめだ」と首を振った。

「おめーに渡してどうなるってんだ。狗神支配の呪をやってんのは俺だぞ、今更骨だけそっちに渡して呪がご破算になりゃ、最悪アイツは宿主ん所に返っちまう」

巴から消えてしまえば、それでも一件落着……とは流石に行かない。それは美郷も分かっている。

「大丈夫だよ。アレはこの敷地から出られない。ここは大久保さんの結界の中だ」

幣《ぬさ》を使った神式の結界が、ぐるりと廃ホテルを囲んでいる。狗神に逃げられる心配はない。

言い合っている間に、植え込みの向こうで狗神の妖気が膨れ上がった。

「クソっ！」

怜路が舌打ちする。宿主の生気を吸い寄せたのか。

「もうこれ以上は駄目だ。いいから邪魔すんな！」

霊力で銀に光る双眸が美郷を睨み据える。美郷は真っ向からそれを見つめ返した。馬鹿じゃないのか。もう一度思う。命の安売りにも程がある。

生きてきた価値観の違いと言えばそうだ。だからと言って、譲ってはやれない。

「断る。――お前を、あんなモノに渡したりしないよ」

低く言い切った。普段はサングラスに隠れている緑銀の眼が、驚きにまん丸くなる。これが美郷の本心だ。怜路に狗神が憑けば、怜路はいつか狗神に喰われる。そんなことは、許さない。

美郷に弾き飛ばされ植え込みに隠れていた狗神が、大きく吠えながら突進してくる。今度こそ、と美郷は両手の指を絡めた。

「臨兵闘者皆陣列在前、緩くともよもやゆるさず縛り縄、不動の心あるに限らん。不動明王正末の御本誓を以てし、この悪魔を搦めとれとの大誓願なり！」

美郷の放った悪鬼を搦め取る不動明王の縛り縄が、幾重にも狗神へと襲いかかった。覆い被せるように、怜路が鋭く帝釈天《たいしゃくてん》の真言を唱える。

「ナウマク　サンマンダボダナン　インダラヤ　ソワカ！」

ばちん！　と目の前で火花が散る。美郷の術を妨害した怜路が飛び出した。

「コンの、頑固者っ!!」

美郷は慌てて追い縋る。美郷の縛り縄から逃れた狗神が、怜路に狙いを定めて地を蹴った。移し替えの呪を唱えようと、怜路が狗神へ首を掲げる。

大きくあぎとを開いた狗神が、涎をまき散らしながら怜路へ飛び掛かる。

対する怜路は、仁王立ちで呪を唱える。

「オン　キリカクウン　ギャチ　ギャカニエイ――」

美郷は怜路へ手を伸ばす。振り払われたとして知ったことか。振り払いたければ、生き残った後で美郷を突き飛ばせばいい。同時に「相棒」に念じた。

(予定は狂ったけど強行しろ！　行けっ!!　お前も、おれの「力」のうちだ……！)

たとえ望まず手に入れたものであっても。「それ」は美郷が「宮澤美郷」としての居場所を守るため、使える手札のひとつだ。

どさっ、と狗神の背後で、白いものが梢を鳴らして落ちて来る。最大サイズ、捕食モードの白蛇が鎌首をもたげた。

狗神は、封じるのも滅するのも難しい。捕らえたとして、宿主との繋がりを断ち切る方法がないに等しいという。

ならば、喰ってしまえばいい。

元は美郷が狗神を縛し、動きを止めて白蛇に喰わせる予定だった。

狗神を調伏しようと痛めつければ宿主の命数を削る。狗神が宿主の命数を喰って、己の回復を図るからだ。ならばそんな間もなく、白蛇の腹の中という異界に取り込んで消滅させてしまえば良い。

巨躯《きょく》に似合わぬ俊敏さで、白蛇が狗神に襲いかかる。怜路と狗神と白蛇、三つが交錯した。間に合え、と美郷は祈る。

ふわり、と朱い衣が夜闇に淡く浮かび上がった。

怜路の姿の重なるその背は、見事な束帯姿の貴人だ。隣には、同じく朱に華やかな柄の打掛を着た女が寄り添う。

（巴、人形……）

美郷に助けを求めてきた、狩野家の節句人形たちだ。美郷は怜路の腕を掴んで思い切り引き戻す。怜路は大きくたたらを踏んで、美郷の方へ体勢を崩した。

子供の誕生を祝し、健やかな成長を願って贈られる節句人形は、護り神として子供の成長を見守るとも、その子の身代わりとなって災厄を受けるとも言われる。既に大きく傷ついている束帯の貴人を支えるように、打掛の女が肩を抱いた。

『こやつは我々が預かる。やれ』

脳裏に男の声が響いた。振り返る美々しい貴人の片手には、怜路が持っていたはずの犬のしゃれこうべがある。狗神が貴人に吸い込まれた。

「白太さん――!!」

白い大蛇が口を開ける。貴人と女の幻姿が掻き消えた。残る実体――犬の首と、二体の人形に蛇の口が迫る。

ぱっくん。

一瞬宙に浮いた人形と犬の首を、器用に口で受け止めた白蛇が、そのまま停止して口を閉じた。ゆっくりと喉が動いて、蛇が人形たちを腹に収める。美郷はそれを、怜路の肩を支えながら見届けた。

しん、と秋の夜の冷えた空気が美郷と怜路を押し包む。思い出したように、どこかでマツムシが鳴いた。

半月はゆっくりと木々の向こうに隠れ、辺りは徐々に闇に沈んでゆく。

黒く塗りつぶされ始めた視界の正面で、仄白く大蛇が光っている。美郷の腕の中で、逞しいミリタリージャケットの肩が震えた。

「なっ………」

怜路が小さく声をこぼす。

うん？　と眉を上げた美郷の間近で、盛大な悲鳴が上がった。

「なんっじゃそりゃあああああ！　アリか、そんなんっっ!!」

きーん、と頭をつんざく大音量に耳を塞ぐと、美郷の腕から解放された怜路がガックリと膝に両手を突いた。その反応は不本意だ、と美郷は細い眉を寄せる。

「何か問題が」

概《おおむ》ね作戦通りである。ただ、巴人形が一緒に来ているとは思わなかった。微妙な沈黙が流れる二人の間を、闇を裂いてLEDライトが照らした。

「宮澤君！　どうなったん――って、うわっ！　これは大きいねえ……！」

狗神の妖気が消えたと気付いたのだろう。ライトを手にした辻本が二人に駆け寄ってきた。まだ正面でおやつを消化中の白蛇を、ライトで照らして感嘆の声を上げる。つくづく動じない人だな、と美郷はこっそり感心した。

「……それで、彼は？」

ずるずるとしゃがみ込んで頭を抱えてしまった怜路を、心配そうに辻本が見遣る。うーん、と美郷は首を傾げた。そうダメージの残る事態は避けたはずなのだが。なんと答えたものか迷う美郷の足元で、世にも情けない声が思い切り嘆いた。

「いやさあ……そのペットは知ってたよ……？　白太さんスッゲェのはさあ…………。けど、流石に反則じゃねーのかよォォォォォ!!」

俺の苦労は何だったんだ、と嘆く怜路に、辻本が「あははは」と爆笑する。知らんがな、と美郷は憮然と空を見上げた。狗神を腹に落ち着けたらしい白蛇が、しゅるしゅると縮んで美郷のもとへ帰って来る。

月の去った曇りない虚空に、数多《あまた》の星々が輝いている。市街地を離れ光源のない場所で見る夜空は、大小無数の星々に覆い尽くされていた。

見上げる空は遠く高く、伸ばす手が星に届くことはない。

(だけど、おれの地面はここにある)

美郷が今、この場所に立っていることには、大した運命も意味もないだろう。

隣で脱力している友人も、笑って眺める先輩も、その出会いに用意されたご大層な「理由」など、きっと存在しない。

（でも、だからこそ）

幾千幾万とあった可能性の中で「偶然」手に入れた関係を、出会いを感謝し守りたいと思う。

星空は遠く、立つ地面は暗い。美郷が立つのはうつし世と闇のはざまで、それでも夜を過ぎればまた当たり前の朝が来る。仕事に行って、トラブルに遭って、悩んで、笑って、たまに嬉しいこともあって。食べて眠って日々は続く。

永遠に変わらぬものもなく、出来事に壮大な意味もなく。

きっと美郷はその日々を、これからもえっちらおっちら乗り越える。

「帰ろうよ、怜路。おれたちの家に」

アレは俺の家だ、この滞納下宿人。小さく悔しげに呟く大家に、美郷はふふっと笑いをこぼした。

後日番外編　ウチの大家はよく柿食う大家

「秋といったら何だと思うよ、美郷」

週末の昼下がり。家事以外さしたる用事もなく、自室で文庫本片手に過ごしていた美郷の元にやってきた大家が、脈絡もなく訊いた。

「えっ……紅葉？　なに、急に」

『御伽草子』の対訳本から顔を上げ、美郷は眉根を寄せた。見れば大家のチンピラ山伏殿は、普段と多少趣の異なる姿である。彼のファッションはいわゆるストリート系の、やんちゃで金のかかっていそうな服装なのだが、本日はそれより多少シンプルだ。具体的に言えば丈や身幅が適正で、シルエットがすっきりしている。嫌な予感がした。

「残念ながら答えはノーだ。秋といえば！　柿だ!!」

猿蟹合戦？　と反射的に思ったのは、御伽話を読んでいたからだろう。

「理由は」

収穫の秋とは言うが、あえて柿に限定する理由が分からない。

「ウチの裏になってるからだ！」

確かに田舎の古い農家の例に漏れず、家の裏手には柿の木が朱色の実をならせている。だからなんだ、と言い返すのも馬鹿馬鹿しい……と思ったのは、大家が商売道具の錫杖代わりに、高枝切りバサミを持っていたからだ。つまり収穫を手伝えということだろう。大家殿の格好はいわゆる「野良着」だった。

「……柿、お好きでしたっけ？　というかアレ渋柿でしょ？」

渋々と文庫本を閉じ、美郷は座り直す。無駄な抵抗と知りつつ投げた質問に、ふんぞり返って大家が答えた。

「おうよ。俺ァ干し柿が好きなんだ！」

作るのか。まあ作れるよなこの男なら。狩野怜路、二十四歳（と先日判明した）。職業・チンピラ山伏兼鉄板焼き屋の兄ちゃん。実は山歩きの達人で、いくらでも狩猟採集・自給自足生活ができそうなサバイバル能力の高い人物だ。

「一人でいくらでも収穫できるじゃん……おれのお役目って何？」

「あの木、背ェ高い上に足場悪いトコに生えてるじゃん？　俺が木の上から実の付いた小枝切って落とすから、下でキャッチしてくれや」

「えぇー……」

やっぱ猿蟹合戦だ。ぶつけられるんじゃないのか。――いや、単に自分が上手くキャッチできる自信がないだけだが。

「家賃」

渋っていると、重々しく一言だけ降ってきた。

「最近は滞納してません！」

「滞納してないっつーのは、翌月分を先払いした状態を言うんだよ」

どうしてもひと月分、追い付けない。反論できない美郷は嫌々立ち上がった。


狩野家の裏手には、ほぼ藪になってしまった小さな庭と、背にする山から水を引いた池がある。裏庭の奥はすぐ山が迫っており、急斜面の途中に柿などの庭木も植えられていた。ろくに剪定《せんてい》もされず、自由に枝を伸ばした柿は背が高い。そのうえ斜面の途中に生えているため、実のなる枝は大変地面から遠くなる。

一体どこに立って実を受け止めればいいんだ、と覚束《おぼつか》ない足場を気にしながら、美郷は柿の木を見上げる。器用に太い枝に登った怜路が、高枝切りを実へと伸ばしていた。

「柿の枝は折れやすいから危ないとか言わないっけ」

「縦に裂けやすいんだよ。登るのにコツがあんの」

ホラ、落とすぞー。声と共に、バチンと小枝を切る音が響く。切った枝は落ちてこず、ハサミにぶら下がっていた。切ると同時に挟む機能を持つ高枝切りらしい。どこでいつ買ったのか。

「ホイ、パス」

美郷の真上まで実を移動させ、怜路がハサミを開く。落下してくる橙色《だいだいいろ》の実を、美郷は必死でキャッチした。ずしりと重い、紡錘形《ぼうすいけい》の柿が両手の中に収まる。干し柿用を狙っているので、完熟はしていない。というか、完熟した実を落とすと潰れて大惨事になる。

「ナイスキャッチ。次」

どんどん次の実を落とそうとする怜路を制しながら、小枝を落とした柿の実をレジ袋に詰める。へたの部分は小枝をT字に残すのだそうだ。実を縄に吊るす時に使うらしい。

実に上手くハサミを繰って、怜路が柿を収穫していく。その様子は大変楽しそうなのだが、ずっと上を向いている方の身にもなってほしい。いい加減首が痛くなってきた美郷は抗議の声を上げた。

「ねー、いい加減もう止めにしようよ。首痛いし疲れたんだけど」

収穫というのは実に楽しい作業だ。あの「実をもぐ」という行為の楽しさは理屈ではない。だが、下で受け止めるだけの方はそろそろ飽きている。

「ンだぁ？　まだまだ実は残ってるぜ」

「もういいじゃん、コレだけあれば十分だろ。お前が一人で食べるんだから」

もう、スーパーのレジ袋が二つ一杯になっている。甘いものが苦手な美郷は食べられない。

「馬ッ鹿、干し柿は冷凍すりゃいくらでも保存が効くし、俺は幾らでも食える！」

怜路はかなりの甘党だ。それにしたところで、一体この量の柿、誰が皮を剥いて吊るすのか。やはり美郷も手伝わされるのだろう。美郷は一回に一個食べるのが精一杯なので理不尽さばかり感じる。家賃滞納の罰と言えばそうだが、この程度で一か月分家賃をチャラにしてくれるはずもないのだ。

「……おう、拗ねた顔しやがって。お前も登るか？」

あからさまに面白くなさそうな顔をしていたらしく、ニヤニヤ笑った怜路が傍らの幹を叩いた。二人も登って大丈夫なのか、二人登ったら実をキャッチする人間はいなくなる。色々思いはしたが、美郷は無言で幹に両手を掛けた。

掴む枝や、足を掛ける場所を、丁寧に指示されながら柿の木へ登る。背が高い、と言ったところで、幹の高さは二メートル半ば程度だ。二か所程度、幹のウロや枝に足を引っ掛ければ、二股に分かれた大きな枝の間に腰を下ろすことができた。

「まあ、思ったよりは器用に登って来たな」

「ご指導ありがとうございます」

　狭い木の上、二人並んで母屋の屋根と、その向こうに広がる田園風景を見下ろす。いつの間にやらだいぶん陽も傾いて、逆光の枝は見えづらい。朱く染まる葉や丸い実を付けた枝々を額縁に、刈田や石州瓦の民家が長閑な世界を描いていた。

「もう柿見えないじゃん」

　高枝切りを受け取ったものの、目を射る夕日が邪魔して実の位置など分からない。目を細めて何度か実の付く小枝を狙ったものの、かすりもしないので美郷は早々に諦めた。

「俺はグラサンあるからへーキへーキ」

　そんなに色の濃いサングラスではないくせに、美郷から高枝切りを取り上げた怜路は上手く小枝を切ってみせる。実が傷付かないようそっと草むらの中へと落とし、怜路は得意そうに笑った。

「……これ、夜に皮剥き？」

「当然」

「何個あんのさ……」

「こんくれー無ェと吊るすのもつまんねーだろ」

　ザ・田舎の家の秋。軒下に暖簾のように連なる干し柿が見られそうな量である。

「よくこんな甘ったるいの食べれるよなぁ」

干した柿はただひたすらに甘ったるい。甘いもの全般得意ではないが、干し柿、餡子など塩味も酸味苦味も油脂もない、ひたすら甘い食べ物は特に苦手だ。和菓子などの美しさは好きなので、とても残念である。

「馬鹿野郎。甘いモノは美味いんだよ。いや違ェな……『美味いモノは甘い』んだ。人間の体に必要なモノは甘く感じるように出来てンだから、甘いイコール美味いで正しい」

随分な甘味原理主義者である。えぇーと反論を込めて胡乱な目で見遣った美郷に、「反論は認めねえ」と怜路がふんぞり返った。

「甘味の正義を知らねぇとはオメーもまだまだ修行不足だな。山に入って十日以上マトモな飲み食いせずに歩いてみろ、もう口に入れるモン全部が甘いぜ」

うんうん、草の根っこも甘かった。しみじみと語る怜路に、反論できず美郷は沈黙する。甘味道の修行などという意味ではなく、正真正銘の山伏修行の成果らしい。そこまで極限の飢餓を経験したことのない美郷には分からない世界だ。

「それに、干し柿は上手いこと塩味のモンと組み合わせりゃ酒に合うんだよ。披露してやるからキリキリ手伝え」

ハサミが届く範囲の柿をあらかた穫り終えた怜路が、身軽に木から飛び降りる。もちろん真似などできない美郷は、幹にしがみついてどうにか着地した。酒のアテに釣られたわけではないが、黙って怜路に従うことにする。

最近このパターンが多いな、と思ったのは、先日栗剥きを手伝わされたからだ。もちろん栗飯は美味しく頂いた。

「栗、柿ときたらさー、松茸とか探しに、山とか上がらないわけ？」

この男ならキノコ採りなど朝飯前だろう。

「あー、そろそろかもなぁ。次に雨が降ったら上がってみるか。マッタケなくても他になんか生えてるだろ」

だいぶん松喰いにやられたが、この辺りの山には多少赤松林が残っている。一応、通勤路に松茸買い取り市が出ていた。

「ついて行っていい？」

「いいぜ。毒キノコは拾うなよ」

がさがさとレジ袋を鳴らしながら家に入る。夕飯はこのままたかれそうだった。

「全然分かんないだろうから判別してください」

「毒ばっか拾いそうだよなァお前」

余計な一言をくれた大家の踵を踏んで逃げる。ぬるい怒声を背後に聞きながら、美郷は勝手口から母屋へ駆け込んだ。

怜路過去番外編　亡霊屋敷

狩野怜路は個人営業の事業主である。

ただし、探偵でも骨董屋でもなければ、殺し屋でもない。


ただの「拝み屋」である。


「オン　キリキリ　バザラ　ウン　ハッタ！」

印を結んで結界し、部屋と外界を切り分ける。古くさい和室一間のアパートには、一畳ほどの押入れが付いていた。黒い枠に茶色く焼けた襖紙の、半端に開いたその襖の奥から、どろりと何かが流れ出している。

タールのような粘液は、同じく焼けてささくれた畳の上を這って部屋に広がっていく。

同時に、悪臭が怜路を押し包んだ。

哺乳類の、臓腑が腐った臭いだ。

水中動物のそれとは一味違う腐敗臭。理性や表面的な感情よりも、もっと奥を抉る嫌悪感は、正しく生存のために鳴らされる警鐘である。

「臨兵闘者皆陣列在前――」

人差し指と中指と立てた刀印を抜き、四縦五横の九字を切る。腐臭を放つタールが消し飛ばされ、結界の中が清められた。しかし、タールの発生源であった押入れの中に、強烈な邪気が残っている。右手の刀印を結んだまま、土足の怜路は押入れの前に立った。色の薄く入ったサングラスを外し、静かに襖に左手を掛ける。ハイカットのバスケットシューズが、ざり、と畳に土を擦り付けた。

勢いよく襖を引いた。薄暗い押入れの上段奥に、より一層の闇がたぐまっている。ぶわりと音を立てる勢いで、闇が怜路に触手を伸ばした。刀印でそれを切り払う。

日本にあっては異彩を放つ、緑銀の双眸がきらりと光った。にやりと怜路は口の端を上げる。

「ナウマク　サンマンダボダナン　インダラヤ　ソワカ」

パーカのポケットから独鈷杵《とっこしょ》を取り出し、闇の奥めがけて打ち込んだ。

紫電の光が迸《ほとばし》り、闇が全て灼き払われる。その奥にあったのは、布に包まれた一メートルほどの棒だ。躊躇なく怜路はそれを掴む。カチャカチャと金属が小刻みに暴れる音が、布の奥からし始めた。鍔鳴《つばな》りだ。

同時に、男とも女ともつかぬ金切り声が怜路の握る棒——日本刀から響く。眼前に陽炎が立ち昇り、人の形をとって怜路に襲いかかった。

「——砕」

日本刀の両端を掴み、鋭く膝を上げる。めきっ、と鈍い音をたてて、日本刀が真っ二つにへし折れた。声ならぬ断末魔が響く。

「おし、完了」

布に包まったまま、くの字に折れた日本刀をぽいと床に放って、怜路はサングラスを掛けなおす。金色になるまで脱色した髪を手櫛で整えると、耳元でシルバーピアスが揺れた。押入れの奥から独鈷杵を拾い、パーカのポケットに再び突っ込む。

あの日本刀の所有者は怜路ではない。どんな謂れの、どんな値打ちの刀かも知らない。ついでに言えば、何の事情であんなものが憑いたのかも興味はない。

何故なら怜路は、探偵でも骨董屋でもなければ、殺し屋でもない。

ただの「拝み屋」だからだ。

「おお、怜ちゃんお疲れお疲れ」

みみっちい駅前通りに建つ、三階程度の小さなビル。その一階にある不動産屋のガラスドアを怜路は押し開けた。奥のデスクに座っていた、頭頂の寂しい男が気安く手を振る。

「うぃっす」と軽く手を挙げ、怜路は勝手知ったる様子でカウンター端の椅子に陣取った。奥から出てきた男が、改めて怜路をねぎらう。

「さすが怜ちゃんは仕事が早ァのぉ」

「どーも。元凶だったモンは部屋に置いて来ちまったぜ。何か怨念吸った日本刀だったが……へし折っちまったから値打ちはもうねーだろうけど」

椅子の背もたれに片肘を置き、大股を開いた横柄な姿勢で怜路は不動産屋の男に答えた。ツンツンとワックスで立てた金髪に、薄く色の入ったサングラス。大きくロゴの入ったスウェットパーカと腰穿きのカーゴパンツといういで立ちで、二十代前半の男が偉そうにしている様は、傍からはヤクザの下っ端が絡みに来ているようにしか見えないだろう。

「あぁ、ホンマにあったたんか。高いエエ刀じゃゆうて聞いとったんじゃがのぉ」

「あんだけデロデロに汚れてりゃ高いも安いもねーよ。部屋の方にもだいぶ穢れが付いちまってたし、畳と襖くらいは換えた方がいいぜ。あとはクリーニングして、神主にでも来てもらってくれ」

拝み屋・狩野怜路が今回請け負ったのは、数年前に一室が事故物件となって以来、トラブル続きで住人の居付かないアパートの処理だ。原因となっていたのは、事故物件となった――つまり、人死にが出た部屋の押入れに潜んでいた、古い日本刀だった。

お値段格安、風呂トイレが各部屋に付いていることに驚くレベルの「ザ・安アパート」に高額な日本刀がある時点で、それまでのなり行きに面倒事があったのは察しがつく。だが、祓いをするのに必要な情報さえ揃えば、怜路は詳細に興味などない。

「おお、わかった。じゃけど怜ちゃん、あそこは近くに神社が無うて、頼める神主さんがおらんのんよ。怜ちゃんに後も頼めんかのぉ。追加料金は払うけぇ」

「あー、わりぃけど俺ァそういうの向かねーから。他所の神社でもいいから誰か頼んでくれ」

追加の依頼をあっさりと断り、怜路はカーゴパンツの尻ポケットから長財布を引き抜いた。ベルトループに繋げてあるウォレットチェーンがじゃらりと鳴る。財布から取り出したのは、雑に折りたたまれたA4版の複写紙だ。開いたそれを不動産屋の男に向ける。

「つわけで、仕事完了。サインと印鑑くれ」

こんなナリだが、狩野怜路は意外ときっちり書類を作る。見積書、契約書、完了報告書兼請求書、領収書だ。一瞬食い下がろうとした男が、怜路の顔を見て諦めの溜息を吐いた。渋々といった様子で書類を受け取る。

「……しょうがないのぉ。ほいじゃあ、別の案件頼もうか」

事故物件処理に怜路を重宝している男はそう言ってサインをし、社印を捺した。

「げっ、マジかよ。稼がせてくれるじゃねーの」

嫌そうに口元を歪めながら、怜路は返された二枚一組の複写紙を受け取る。書面チェックをして、複写紙の一方を男——不動産会社の社長に渡した。

「おかげさんで、この手の物件がよう回って来るようになったわ。よろしゅう頼むで」

ニヤリと笑って、社長が怜路の腕を気安く叩く。それに怜路は「あー」と不満の声を漏らし、再び雑に折った書類を財布に戻して座りなおした。この不動産屋は怜路にとって、貴重なお得意様だ。

火を点けられないのは分かっているが、怜路は煙草を一本取り出して玩ぶ。周囲の社員たちは、この数か月ですっかり見慣れた珍客を空気のように扱っていた。

ここは広島県巴市。人口六万弱の自称・県北の中心都市という、長閑な田舎町だ。東京から越してきて半年弱、怜路は数少ない「本物」としてここの社長に贔屓《ひいき》にされていた。

「ワイナリーやら美術館やらある方の奥に、市が大きなホテルグループを誘致して、宿泊観光施設を造るんらしいんじゃが。どーーしても買い上げられん土地があるらしゅうてな。はあ四、五十年前には家のもんは居らんようなって、とうに家も崩された後なんじゃが……」

その家の最後の住人が死亡した際に土地の相続手続きが行われておらず、買収ができないのだという。それだけならばよくある話だ。二束三文のド田舎の土地など相続権争いも大して起きないため、不動産登記の書き換えを忘れてそのまま時間が経つことは多いらしい。ここまでは怜路の仕事ではない。問題は、理由だった。

「土地の相続権いうんは、その土地を貰うはずだった相続人が死んだら、その嫁さんやら子供やらに引き継がれるんじゃが……とにかく、相続権を持った人間が消えるんじゃ」

「……消える？」

背もたれに深く身を沈め、煙草を玩びながら聞いていた怜路は片眉を上げる。

「そう、端から蒸発するんよ。前の相続人が消えると、次の相続人の様子がおかしゅうなってな。数年のうちにゃあ消えてしまう。その繰り返しよ」

「へぇ……相続権追いかける怨霊たァ、随分とインテリだな」

軽く肩をすくめて、怜路は口の端を上げた。

「そうよのォ。まあその辺は儂にゃわからんが、今相続権を持っとる人間は九州に住んどってな。電話もしてみたんじゃが、『あの土地は売られん、あの土地に手をつけたら死ぬ』いうてな。祟るいう話じゃったけぇ、怜ちゃんのことを紹介させて貰うた。業者のモンも、買い上げの済んどる土地を確認しに何回かあのほうを歩いとるらしいが、どうも暗《くろ》うなるとなんぞ見えるらしゅうてな」

言って、社長が印刷された地図と資料をカウンターに置く。

「相続人も怜ちゃんに会いたい言うてくれたけぇ、この番号に連絡を入れてくれ。よろしゅうな」

女性の名が入った名刺を渡され、怜路は呆れの溜息を吐く。

「俺に言う前に話決めんじゃねーよ」

「エエじゃあなァか、どうせ他に仕事は無ァんじゃろう?」

豪快に笑う社長に、怜路は天井を仰いだ。


狩野怜路は拝み屋である。探偵でもなければ建築士や骨董屋でもない。他人様の家の陰惨な過去に興味はないし、因縁を持つ屋敷や古物に思い入れもない。しかし拝み屋の仕事をしていると、頻繁にこういったものに遭遇する。

「今日はわざわざどうも。こんな場所で悪ィな、行きつけの小洒落た喫茶店なんてないもんでね」

ファミレスのソファにどっかと座り、ひらりと右手を振って怜路は待ち合わせ相手を迎えた。

「どうも……初めまして」

三十代らしき女性がぺこりと頭を下げる。この女性が、現在くだんの土地の相続権を持っている人物だ。紺のカットソーにベージュのロングカーディガンを羽織り、ひとつにまとめた髪をビジューのヘアクリップで留めている。なにか悪いものを背負っているようには見えない。

「博多からの新幹線代は出すぜ。あとは市内でなんか、美味いもん食って帰ってくれ。そう時間はとらせねぇから」

言いながら、怜路は正面のソファを勧めた。場所は巴市ではなく、広島駅近くのファミレスである。福岡在住の彼女にわざわざ来てもらうには、巴市は奥まった場所にあるため怜路が広島まで出迎えたのだ。

「いえ、私がお伺いしたかったんですから。新幹線代は受け取れません」

きっぱりとした口調で断る女性は、若干緊張気味に顔をこわばらせている。元々は怜路が福岡まで行く予定だったが、女性がこちらに来ると申し出たのだ。そうかい、と軽く流して、怜路は「とりあえずドリンクバーでいいかい？」と呼び鈴ボタンを押す。

「まあ、一通り話を聞かせてくれ。アンタが知ってるだけの範囲でいい。……と、そうだ。改めてだが、俺は狩野怜路。まあいわゆる拝み屋ってやつだ。アンタが相続権を持ってる巴市の土地について、買い取りたいつってる不動産屋から依頼を受けた」

そういえば、と財布から名刺を取り出す。大した肩書きなどないため、名前と連絡先のみの簡素なものだ。

「――あの土地は、絶対に売ってはいけないんです」

多少の世間話の後、ぽつりと女性――今田利香《いまだりか》が呟いた。

「へえ、そいつは何でだい」

「家の『主』が、まだあそこに残っているからです」

「『主』っつーのは、最後にあの家に住んでた女のことか」

くだんの土地には、既に存在しないはずの屋敷があるという。屋敷の最後の住人は、その家に嫁いできた女だった。

不動産屋から聞いていた事情を一通り話す怜路に、利香がひとつひとつ頷く。さすがに地元の付き合いが長い業者だけあって、あの社長は因縁の古い込み入った事情にも詳しい。

夫に早逝され、確執のあった舅姑のいびりに耐えた女は、舅姑の死と共に小姑ら親族を家から追い出した。女には子があったが、その子が就職、結婚したという話はなく、結局そのまま家の嫡流は潰《つい》えたという。

現在、土地の相続権を持つ利香は、あの家から追い出された人間の更に遠い縁者だ。最後まで家に残った女の死後、家の近親者から土地の相続権に随伴するように、不幸不運が親戚筋を追いかけていった。これまでの相続権者全員が、事故や災害も含め何らかの形で「失踪」しているのだ。

そして、もはやこの土地を見たことがないような遠縁である利香の元へと、相続権は流れて来たのである。

「相続権を手に入れた人間は必ず、同じ夢を見るんです。古い古い廃屋に、真夜中に一人で入る夢……」

問題の土地にあった屋敷だろう。夜、夢を伝って女に呼び寄せられるのか。俯き加減で語る利香に、あえて怜路は訊いた。

「それで？　アンタはもうその夢を見たのかい」

思い出した光景に怯えるように、表情を曇らせた利香が頷く。

「見ました。どんな場所に、どう道順を辿って行くのか全部はっきり思い出せるんです。ネットで地図を見たら、ここだなって場所がちゃんとあって……」

「おいおいアンタ、まさか今回現地に行きたいってんじゃねえだろうな？」

目の前ではなく、どこか全く別の場所を見ているような、虚ろな目で語り始めた利香を慌てて怜路は止めた。どうやら彼女は、くだんの「家」に引っ張られて広島まで来たのだ。このまま利香を帰せば、明日にでも彼女は次の失踪者になるだろう。

はっ、と夢から覚めたように利香が硬直する。

「今時はネットに航空地図やら現地の道路写真やらあるから知ってると思うが、その場所にはもう家はねぇよ。俺も先週行ってきたが、草ぼうぼうの荒れ地があるだけだ」

利香に会う前に、怜路は現地を確認していた。奥まって侘しい場所ではあったが、巴には――もっと言えば、この辺りの過疎地域にはどこにでもあるような、ただの空地だ。訪れたのが昼間だったせいもあるだろう。特別なものは感じ取れなかった。

諭す怜路に、しかし利香はどこか不服そうな顔をしている。

「俺がこの案件を引き受ける以上、俺の指示には従ってもらうぜ。アンタは今日、明るい間に福岡に帰るんだ。俺は、アンタが乗った新幹線が発車するまで見届ける。いいか？今から、もう例の夢を見ねェように悪夢祓いの符と魂結び用の紐を用意する。残りの話は移動しながらだ。行くぞ」

それなりの距離を来てもらっている。できるだけ日中に広島を離れてもらおうと思えば、時間的な猶予はない。

霊符やら呪具やら作るのは得手ではない。一時しのぎにはなるが、早めに決着を付けなければいけないだろう。

利香を急《せ》かしてレストランを出ながら、怜路は呪具の調達に回る順序の計算を始めた。

怜路が暮らす家は、巴市街地から二十分ほど車で走った山奥にある。元は地域の庄屋屋敷だったという大きな家で、怜路一人が暮らすには広すぎるため、ほとんどの部屋を閉め切っていた。

ほんの十数年間ほど空いていただけの家だ。水回りは整備され、囲炉裏はつぶされて茶の間にも畳と天井が張ってある。茶の間と、炊事場だった土間の一部を板張りの床に改装した台所、この二間だけで怜路は暮らしていた。母屋には他に複数の客間や納戸など多くの部屋があり、加えて離れに土蔵、納屋などが漆喰の土塀に囲まれている。

元は囲炉裏のあった八畳ほどの茶の間、ちゃぶ台の横に伸べられた万年床に転がって、怜路は液晶画面を眺めながら煙草を銜えた。既に部屋の灯りは落とした状態のまま、布団の周りに散らかっているマンガ雑誌や空きペットボトルの間から灰皿を探し出す。

寝煙草から出火すれば、あっというまに巨大キャンプファイヤー間違いなし。そんな古い木造住宅だ。怜路の周囲にはマンガの週刊誌が山積みなので、焚《た》き付けもバッチリである。しかしこの家に住み始めてそろそろ半年、この状況が続いているがいまだ出火していないので大丈夫だろうと、怜路は高をくくっていた。

敷地の正面は枯山水、築山も配した庭があり、離れや土蔵に囲まれた中庭にも庭木が植えてある。背後は山に抱かれており、山水を引いた池が裏庭と中庭に設えられていた。

あまりに広すぎる屋敷を、正直怜路は持て余している。気温が上がり、本格的に繁茂を始めた庭の雑草を全て一人で駆除するのも並大抵でなく、諦めモードの裏庭と中庭は酷い有様だ。この家もたいがい、化け屋敷と呼ばれて文句も言えない。

ちらりとパソコンの時刻表示を見れば、とっくに日付が変わっている。宵っ張りなのでまだ眠たくはないが、ネットをうろつくのにも飽きて怜路はパソコンを閉じた。煙草を満員御礼の灰皿に押し込んで、枕元でぬるまったペットボトルのコーラを呷《あお》る。

どんどん、どんどん、と裏庭に面した木戸を叩く音がした。

怜路は黙殺して布団にもぐる。

ごりごりごり、ごりごりごり。今度はひっかいているらしい。

しばらく目を閉じて耐えた後、怜路は盛大に悪態をついて起きあがった。

「クッソうるせェな！」

ゆるゆるのスウェット上下のまま、部屋の隅に立てかけてある身の丈ほどの錫杖を掴む。乱暴に磨り硝子の引き戸を開けて、怜路は裏庭に面した廊下の床板を鳴らした。さすがに暗いと点けた白熱灯の裸電球が揺れる。木枠のガラス戸に被せた古い雨戸を、外から何者かがひっかいていた。

錫杖を片手に、差し込みネジ式の鍵を開けた。

錫杖とは、頭部の装飾に金属輪をいくつも通した僧侶の杖だ。チンピラななりをしているが、怜路も一応「修験者」という山岳修行僧のはしくれである。扱う得物は全て「法具」と呼ばれるものだ。

ガラス戸を動かす音に、騒いでいた気配が止まる。

全くもって、うるさいし面倒くさい。

　ガラス戸を引いて、怜路は逆手に錫杖をかざした。じゃらりと金環を鳴らして、錫杖の頭部に象られた装飾の尖頭が光る。雨戸の引き手に指をかけ、唇を引き結んで一気に引いた。

『ばぁ～』

　巨大な顔が、戸板一枚分占領してべろべろと舌を出す。飛び出た目玉が別々の方向を見てせわしなく動いていた。毛むくじゃらの髭面と、尖る巨大な牙がおどろおどろしい。が、今更そんなモノにビビる稼業はしていない。

「っせェなムカつく顔しやがって」

　言って、怜路は顔の片目に錫杖を突き立てた。

『ぎゃあぁぁぁ!!』

「騒ぐな！　来たらやられンのくらいわかってんだろーが！」

　わざとらしい悲鳴に、怒りを乗せて怜路は巨大顔の鼻っ面を蹴り飛ばした。吹き飛んだ顔が闇に消え、代わりにケタケタと楽しそうな笑い声が響く。相手は、山から下りて「遊びに」来たもののけの類だ。

　日常茶飯事である。この屋敷は立地から、もののけが集まりやすい。加えてしばらく空家で管理が行き届いていなかったため、陰の気が溜まりもののけを呼び込みやすくなっていた。

一応多少の魔除けはしてある。しかし、錫杖を振り回して目の前の相手をはり倒すのが基本スタイルの怜路は、持続力のある結界のような緻密で煩雑な術が得意ではない。

「ノウマク　サンマンダ　バザラダン　カン！」

荒れた裏庭をざっくりと幻炎で焼き払って威嚇し、怜路は勢いよく戸を閉める。風呂の後なので多少寝ている金髪頭をひっかきまわし、大きく肩を落として怜路は部屋に引き返した。

怜路がいくら宵っ張りでも、毎晩毎晩深夜に来客があると参って来る。

持続効果の薄い符を、明日また貼り直すかと溜息を吐いた。


休耕田の間に延びる車幅ぎりぎりの細い坂道を、3ナンバーのセダンが上がる。両脇に繁茂した雑草が、メタリックグレーの車体を叩いて青い汁を散らした。時刻は黄昏時《たそがれどき》。湿度を増す宵闇の空気に、山々の緑と花の香が満ち満ちている。

緑を雑草に食い荒らされたアスファルトの終着点には、伸び放題の庭木と雑草に埋もれた空き地があった。定期的な手入れをされている気配もなく、ただただ山に還りつつあるうら寂しい場所である。怜路の背丈を越える茅の茂みの中に、ぽつりぽつりと己生えの幼木が枝を伸ばしていた。

アスファルトの上に車を停め、運転席を出た怜路は煙草に火を点ける。

ドアに寄りかかって煙を肺腑に吸い込み一気に吐き出せば、昏い黄金色を山の端に残す空へ、ふわりと紫煙が流れた。

「さてさて。今夜は出てくれるかねェ」

煙草のフィルタを噛んでニヤリと笑う。薄付きのサングラスが濃い葉陰の闇を映した。問題の「屋敷」は、昼間来たのでは何の気配も見せてくれない。ならば夜はどうかとやって来た。可能ならばこういうモノの相手は昼間が良いのだ。わざわざ、陰の気が濃く敵の力が増す不利な時間帯に相手をしたくはない。

凭れかかっていたドアを開け、フィルタぎりぎりまで喫った煙草を灰皿にねじ込んだ。後部座席から商売道具一式を取り出し、一応車のロックをかける。人の気配などない場所に、寂しく薄暗い防犯灯が瞬いた。

この道の入り口には、古びて薄汚れた「通学路・飛び出し注意」の標識が傾いていた。まだここに「集落」があった頃に整備された名残だ。

ポケットの多いヒップバッグを腰に巻き、錫杖を肩に担ぐ。

「一晩でちゃちゃっとカタぁ付けてえもんだな」

背後の山に抱かれ、雑草と庭木で鬱蒼とした空間から獣道が延びている。この辺りは鹿や猪に狸や狐、里山の野生動物がいくらでも闊歩する場所だ。周囲の休耕田や忘れられた水路から、ケコケコと蛙の恋歌が聞こえ始めている。

太陽が山の向こうに身を隠せば、辺りは瞬く間に暗くなった。いつの間にやら色彩を失った薄闇では、ほんの少し注意を逸らせば景色の輪郭は茫洋とした闇に溶ける。

時代に忘れ去られた、薄暗い蛍光の防犯灯が瞬く。

光に吸い寄せられた蛾が、怜路の目元を掠めて乱舞した。反射的に顔を背けて打ち払う。ぱしりと確かな手応えと共に、こぶりな蛾が足下に落ちた。やれやれと怜路は視線を戻す。

「出たな」

ニヤリと口の端を上げた。生い茂る茅の葉の向こうに、茅葺き屋根にトタンを被せた、古い農家のシルエットが浮かび上がる。くだんの亡霊屋敷だ。さて行くか、と一歩踏み出そうとして道の暗さに顔をしかめる。

「くっそ、さすがに暗すぎんな。ダセェから使いたくねーんだけど」

ぼやきながら再び車に頭を突っ込み、取り出したのはヘッドライト付きの安全帽である。洞窟探検隊が被っていそうなアレだ。せっかくワックスで決めてある、ツノの立った金髪を安全帽――いわゆるヘルメットの中に押し込んで、ぶつくさ言いながら怜路はヘッドライトのスイッチを入れる。

元よりアメカジ風に決めてあるファッションに、安全帽など被れば工事現場のヤンチャな兄ちゃんにしか見えない。自覚はあるが、まあどうせ見る「人間」はいない。

気を取り直して怜路は、亡霊屋敷を目指して獣道へと分け入った。


戸板の傾いた玄関の先には、六畳ほどの土間が広がっている。

奥にある茶の間への上がり口には、型板ガラスをはめた引き戸がつけられており、怜路のヘッドライトに照らされて型板ガラスの桜模様が浮かび上がった。

この家は、うつし世では既に存在しない。

もう四十年以上前には空き家となり、十数年前に取り壊された後だ。

傾いて動かない戸板をはずして庭に放り、怜路は土間に足を踏み入れる。

瞬間、周囲の音が消えた。

しん、と耳の痛くなるような静寂の中、みし、みし、と幽かな音だけが奥から届く。錫杖を肩に担いだまま、怜路は気配を忍ばせて歩を進めた。音は型板ガラスの引き戸から漏れ聞こえてくる。

誘ってやがるな、と怜路は引き戸を睨んだ。

座敷より一段低い板の上がり口に土足のまま足を乗せると、埃を被る板が軋んだ。引き手に指を引っかけ、力を込める。ガタリと大きく音をたてて戸が開いた。

埃が積もって色褪せた闇の中を、怜路のヘッドライトが照らす。

床は板張りで、正面には囲炉裏が見えた。吊された自在鉤を追って視線を上げると、太い梁《はり》が闇に浮かび上がる。幽かな軋みを追って視線を滑らせると、梁に荒縄が括られていた。

みし、みし、と荒縄が揺れて軋んでいる。

それに合わせて、青白いモノが揺れていた。

顔だ。

ぐしゃぐしゃに乱れた耳隠しの前髪が頬に貼り付いている。

見開いたままどろりと濁った白目が怜路を見ていた。

だらしなく開いた口から、液体が滴っている。

ウールの着物姿の女だった。

弛緩しきった四肢がだらりと垂れ下がって床を離れ、ゆらり、ゆらりと左右に振れる。

ぎょろり。音を立てるように濁った目が反転した。

一対の、底なしの深淵が怜路を睨む。

『あぁー……うー……』

白い、白い唇がぎくしゃくと動いて、潰れた喉が奇怪な声を紡いだ。

呼ばれるように、怜路の背後でカリカリ、カリカリ、とかそけき音がいくつも重なり、にじりよってくる。深淵から目を逸らさず、怜路は丹田に力を込めた。

「オン　キリキリバザラバジリ　ホラマンダマンダ　ウンハッタ」

じゃりん！　と金環を鳴らして錫杖の石突で床を打つ。尖った石突が床板の隙間に突き刺さった。

背後の音が止まる。だが、群がる蟲のような気配は消えていない。

「ノウマク　サンマンダ　バザラダン　カン」

不動明王根本印を結び、小呪を唱える。

瞬間、不動明王の白い炎が怜路を中心に床を舐《な》めた。広がる炎に怯んだように、背後を囲んでいた小さな気配が遠ざかる。

床を這う白焔に足を焦がされながらも、首吊り女は怜路を睨みつけていた。ちろちろと足袋に燃え移った炎が、着物の裾を這い上ってゆく。だらりと垂れ下がる手足は動かない。動かなくなった口元からは、ぽつりぽつりと黒い滴が糸を引いて落ちる。とうとう黒髪に炎が燃え移った。何の抵抗も見せぬまま、女は炎に包まれる。

ぐしゃり。

燃えた荒縄が切れ、重く湿った音をたてて女が床に落ちた。

突き立てた錫杖の前で印を結んだまま、怜路は微動だにせず様子を窺う。これで終いという雰囲気ではない。

髪と肉の焦げる臭いがぷんと鼻を突く。

炎の中で、黒いわだかまりがもぞりと動いた。

ガタガタガタガタガタガタ。

戸と言わず床と言わず柱と言わず、家全体が身を捩《よじ》るように揺れ始めた。ばぁん！　ばぁん！　と巨大な手のひらが床や壁を打つような、大きな音が四方八方から鳴り響く。

「……つまり、テメェが本体じゃねーってことな」

ちっ、と鋭く舌打ちし、怜路は印を解いてサングラスをはずした。ぐにゃりと大きく世界が歪む。壁も床も全てが消えた。代わりに、真っ黒い空間が怜路を取り囲む。

怜路の持つ緑銀の双眸は、『天狗眼』と呼ばれる。

妖魔の類が操る幻術を見破り、隠れたモノを見抜く眼だ。しかし、怜路が生まれ持ったこの異能の眼は正直な話、日常生活には結構邪魔である。肌身離さぬサングラスには、それを封じて「普通の視界」を手に入れるための術が施してあった。

怜路を包む黒い空間は、虚空の闇ではなかった。よくよく注意すれば、ざわりざわりと気配が満ちている。盛大に顔をしかめ、怜路はポケットで潰れた煙草を銜えた。カチン、とライターが火花を散らし、朱い灯が点る。

ヘッドライトに照らされ、真っ黒い床や柱、天井がざわざわと蠢く。あまたの黒光りする髪の束が、細かくうねりながら「家」を形成していた。この家は誰かの、おそらくは女の情念ひとつで形成された呪いそのものなのだ。

「ンなもん、見たかねーんだがなァ」

一言でいって、気持ち悪い。「呪いそのもの」など見て楽しいわけもないのだ。だが、この家、この呪いの核を見つけだすには一番手っ取り早い。

背筋を這い上る嫌悪感に耐えながら、怜路は周囲の気配を探った。正面の首吊り女だったモノは、ただの黒いわだかまりである。

「タニャタ　カテイビカテイ　ニカテイ　ハラチッチケイ　ハラチミチレイ――」

錫杖を担ぎ直した怜路は除難除災の陀羅尼《だらに》を唱えながら、一面ざわめく黒髪の床を踏みつけ部屋を移動する。蠢く気配の活発な方を目指せば、いくつも黒髪の束が怜路を阻みに襲ってきた。

「臨兵闘者皆陳列在前ッ！」

刀印で髪を切り払う。髪のくせに、毛束がどろりと赤黒く血を散らす。ふざけんな、切って血の出る髪があるかと悪態を吐いた。罵ったところで相手が遠慮するはずもなく、次々襲ってくる髪の束をかわし、錫杖で打ち払い、刀印で切り裂く。

「見つけたぜ」

ニヤリと銜え煙草の口の端を上げる。ひときわ大きく蠢く、醜悪な瘤《こぶ》があった。

脈打つように、うねる黒髪がわき出している。あれが「核」だ。

「天魔外道皆仏性　四魔三障成道来　魔界仏界同如理　一相平等無差別！」

　右肩に担いでいた錫杖を、槍投げの要領で振りかぶる。瘤めがけて狙いを定め、怜路は全身のバネで錫杖を投げた。豆腐でも突き刺すかのように、深々と錫杖が瘤に沈む。わき出す髪の束が、末期の痙攣《けいれん》にのたうった。

　やがて蠢動が止まる。ゆっくり歩み寄った怜路は、錫杖を引き抜いて、ぽい、とだいぶ短くなった煙草を床に放った。

「燃えな」

　あっさり火の燃え移った一面の髪が、黒煙を上げて炎に飲まれる。炎の環の中心、怜路の足下には割れた丸鏡が落ちていた。

　鏡台用の鏡だろう。人の頭ほどの大きさで、褪せてひび割れた漆の枠に飾られている。

「呪詛か」

　ぐしゃり、と怜路は鏡を踏みつぶした。砂ででも出来ていたかのように、鏡があっさり粉々になる。と、同時に視界がわずかに明るくなった。ふわりと一陣、草木の夜の吐息を纏った風が吹き抜ける。

　怜路は、雑草に埋もれるように空き地のただ中に立っていた。

「……終わった、わけじゃなさそうだな」

　やれやれ面倒くさい。サングラスをかけなおし、怜路は雑草を漕いで愛車を目指した。

数日後。今度は日の高い時間に、怜路は再び屋敷跡を訪れていた。先に依頼主の不動産屋に寄って来たので、そろそろ昼も近い時間である。亡霊屋敷の主である女について、詳しく調べてもらっていたのだ。

『――死因は首吊り。子供の方が先に死んで、何年か一人で暮らしとったみたいじゃのォ。自殺の原因はわからんが、難しい人だったたらしゅうて近所に仲のええ相手も居らんかったようじゃし。まあ、だいぶんその家自体がアレよ、底意地が悪ぃいうて嫌われとったようじゃのぉ』

社長が語った内容は、概ね怜路の予想どおりだ。女は最期、何かの呪詛を仕掛けて首を吊ったのだろう。

まだ若々しい柔らかさを残す青草を踏み分け、記憶を頼りに目的の場所を探す。怜路がその肩に担いでいるのは、いつもの錫杖ではなく、シャベルだ。

古来、家の中には霊的に特別とされる場所がいくつかある。その中で、屋敷を崩しても残る場所がひとつだけあった。井戸だ。

そして井戸は、幽世の入り口ともされる。

死者の世界とうつし世を繋ぐ、昏く深く冷たい穴。水神の住まう場所。家を崩す時、井戸を完全に埋めてはいけない。節を抜いた竹を五寸ほど地上に出して、地中に陰の気が溜まらないようにするものだ。今時、忠実に守るのは難しい俗信の類だが、何もかもが嘘なわけではない。――でなくば、怜路の商売も成り立たない。

女の想念だけで出来た亡霊屋敷の本体は、鏡だった。相続権者たちの魂を呼び寄せているのがあの鏡だとすれば、うつし世のどこかに「実体」がある。世間では気軽に幽霊亡霊と、さも亡者の霊魂がこの世に残って悪さをしているような言い方をするが、それは正確ではない。

亡者とは、「もう亡い者」だ。拠る実体が存在しないのに、何か意識体だけが残るということはありえない。何か残っているとすれば、それを依《よ》り憑かせているモノがある。先日であれば日本刀、今回は鏡、人間の想念を吸い取って溜めやすい器物はいくつかあって、それらは御神体にも、呪具にもなりやすい。

この敷地のどこかに、呪詛を込めた鏡があるはずだ。とすれば、一番可能性が高いのは井戸の中と怜路は踏んだのである。

「さあて、見事に埋められちまって跡形もねーワケだが。どの辺りかねェ」

この間はヘッドライト付きの安全帽に今日はシャベルと、怜路も正直そろそろ自分の仕事は何だったかと忘れそうになる。巴に来てからというもの、仕事内容の野趣はぐっと増した。

不動産屋の社長に、経験上この辺りだろうと教えてもらった場所を検分していく。びっしりとはびこった雑草と茅の地下茎で、土の色は見えない。この、地表を覆う緑の生命力も、大きな目隠しになっていた。呪詛に使うならば逆に、綺麗に埋めてしまった方が都合が良かっただろう。竹の先が出ている様子もない。

六月も半ばの、力強さを増した日差しが怜路を焼く。まさか肌を剥き出しにして茅の中に突っ込むことはできないので、長袖軍手の完全防備だ。暑い。

「……あんまやりたかねーんだが。まあ、形代だからな」

ぼやいて、シャベルを傍らに突き立てた怜路は、マウンテンパーカのポケットから紙片を取り出した。人の形に切った和紙に、今田利香の名前と年齢が書いてある。前回ここへ来た後に、亡霊を釣る「餌」として用意したものだ。郵送して利香本人に書いてもらい、息を三回吹きかけてもらった。普段は本人の厄落としに使われる形式の、いわば「身代わり人形」である。

怜路は手のひらの上に、縦半分に折り目をつけた人形を立てる。反応してくれ、と祈る怜路の頬を、冷たい風が掠めた。

ふわり、と人形が風に舞う。怜路の手からこぼれ落ちた人形の行く先に、怜路は意識を集中させる。人形は、こんもりと高い茅の株と株の隙間に滑り込んだ。サングラスをずらし、怜路は目を細める。紙人形に何かあっても、利香に害は及ばない。それでも多少緊張した。

　かさり、と葉陰の闇から白骨の手が這い出して人形を掴んだ。

　握りつぶされた人形が一瞬で燃えて灰になる。万が一にも本人に害が及ばないための仕掛けだ。

「オン　カラカラビシバク　ソワカ」

　軍手のまま転法輪印を結んで、怜路は不動金縛りの呪を唱えた。白骨の手に、不動明王の縄が絡んで動きを止める。素早く怜路はシャベルを掴み、白骨の上を覆う茅を薙ぎ払った。――様になっていないのは、本人が百も承知である。

「どこが本体だ、おらァッ!!」

　斬った株のすぐ根元から、白骨の二の腕だけが土を押し上げ生えている。怜路が印を解いたため解放された骨の手は、今度は怜路を引きずり込もうと更に腕を伸ばしてきた。ぼこり、と網の目の地下茎を押し上げて、白昼に骸骨が現れる。

「臨兵闘者皆陳列在前、鬼！」

　四縦五横の九字に、邪霊退散の一字を加えて斜めに切り裂く。ぱん、と弾き飛ばされた白骨がばらばらに宙を舞った。本体ではないはずなので一時しのぎだ。その隙に、と骨の出てきた辺りを掘ろうとする怜路の足元で、ぼこり、ぼこり、と無数に雑草の緑が波打つ。

「げっ、マジかよ」

弾き飛ばされた骸骨に続くように、いくつもの白骨死体が地中から這い出して怜路に腕を伸ばした。男と思しき大柄なものも、幼子らしき小さなものもある。総勢、六体もの白骨が、土にまみれた骨だけの手で怜路を掴もうと群がってくる。

ぷん、と湿った土の黴臭《かびくさ》さが鼻を突く。

この白骨はおそらく、女に呼び寄せられた相続人たちだ。怜路が調べた犠牲者も七名、全員、遺体は一片も出てきていない。

怜路は縋り付いてきた、子供らしきしゃれこうべを蹴飛ばした。頭だけが明後日の方向へ飛んでいく。続けて成人女性らしきものをシャベルで打ち払った。わざわざ一体ずつ浄めてやる余裕はない。全ては大元を断ってからだ。

晴れた初夏の日中、周囲には杜鵑や雉《きじ》の呑気な啼き声が響く。ただ、人の気配はない。荒れた休耕田と、雑草まみれの道と、山へ還ろうかという民家跡だけが残されている。

ここは、うつし世にありながら既に、「人の世界」の外だ。

足首を狙う手を踏み潰す。

伝わってくるのは「お前も、」という、妬みを孕《はら》んだあさってな恨みの念だ。

怨嗟は己に苦しみを強いる者ではなく、その苦しみを免れた者へと。

――お前もこちらへ来い。自分だけなど納得できない。お前ばかり自由なのは許せない。

自分は不幸なのに、縛られているのに。

「知ったことかい」

舌打ちして、白骨どもの湧きだしてきた古井戸の前に立つ。大きく地面がめくれ上がり、抉れた土の中に井戸の石組が覗いていた。

「オン　キリキリ　バザラ　ウン　ハッタ」

白骨どもを寄せ付けないよう、井戸の周りを結界する。

「……掘るしかねェよなァ………」

井戸の底に呪詛の本体があるならば、相当掘り返さなければならない。数メートル程度の浅井戸なことを祈って、怜路はシャベルを振りかぶった。


何を、誰を恨んでの呪詛だったのか。

こんな有様になるまでの経緯や、加害者・被害者の心情に深く首を突っ込む気にはなれない。怜路の仕事は「この呪詛を始末すること」であって、施した女を供養することではないのだ。

だが、この稼業を何年も続けていると分かることがある。

理不尽の中に束縛された人間はある時点から、自分を苦しめた環境に執着を始めるらしい。

『これだけ耐えたのだから、私は当然報われるべきだ』

押し込められた苦しい環境に耐え、順応していくなかで起こる、心の防衛反応だろう。「辛い現状を耐える」ことに、なにがしかの価値と報酬を信じ始めるのだ。

田舎という世間の狭い環境、古い時代の窮屈な価値観、様々なものに押し込められた「嫁」という立場で、恐らく女は「自分の時代」を心待ちにしていた。舅姑が死んでしまえば、小姑を追い出してしまえば。子供が大きくなって、結婚して、自分の面倒を見てくれる。誰も自分をこき使ったり悪し様に罵ったりしない。今度は自分が若夫婦を使いながら、のんびりと暮らせるはずだと。

だが、そんな日は結局来なかった。

女の子供は結婚せぬ間に早逝した。そのことに、遠大な因果や運命など存在しない。一定確率で起こることだ。家筋の絶えるを因果だの祟りだの言う、同業者モドキの詐欺師がいるが、余程のこと――それこそ、今回のようにあからさまな呪詛でもない限り、ただの偶然の積み重なりである。

女はその、理不尽な現実に耐えられなかったのだろう。

土を掘り返していたシャベルの先が、何か硬い物に当たった。

瞬間、怒涛のように怨嗟が流れ込んで来る。

――何故。あれだけ耐えたのに。何故、私ばかり。私は何も悪いことはしていないのに。

女は嫁入り道具だった鏡台の鏡を外し、裏側から呪字を刻み始める。彫った溝に、己の血を刷り込んでゆく。

──誰にも渡さない。この家は私のものだ。他人のものになることは許さない。私が、耐えて、耐えて手に入れたのだ。

女は鏡を家の井戸に投げ入れ、井戸を埋め始めた。

──誰も、この家で幸せになることは許さない。私が幸せになれなかったのだから。あれほど耐えて尽くして、何も報われなかったことが、他人に許されてよいはずがない。

未来永劫。誰もこの場所で「幸せ」にならないように。それが女の呪いだった。人を呪わば穴二つという。それは人を呪えば報いや返しを受けるという意味か。怜路は、違うと思っている。

(他人を、何かを本気で「呪う」時点で、もうソイツは地獄にいる)

極楽も地獄も、三途の川の向こうにあるわけではない。死んでしまえば皆同じ、魂は問答無用で幽世へ還る。

世界は平等には出来ていない。因果応報・自業自得は幻想だ。ただひたすら、理不尽を被る者もある。理屈はない。努力も忍耐も、何も報われないこともある。そんな理不尽に踏み荒らされて為す術を持たず、だが納得できぬ者が己を擂り潰して、更なる理不尽を振り撒く。それが、呪詛だ。

シャベルで周囲の土をざっと除け、怜路は井戸の底にしゃがみ込んだ。軍手で土を掘って「それ」を取り出す。

鏡台用の丸鏡に、大きくヒビが入っていた。

女は鏡に己を映し、何度も何度も怨嗟を唱えたのだろう。肉体を捨てて鏡に乗り移り、永遠にこの地を呪うために。

曇り果てた鏡面に、緑銀の天狗眼が女の顔を映す。ひび割れた鏡は、もう呪力を失いつつあった。

女の顔が、おどろな怨嗟の表情を浮かべたまま薄らいでゆく。怜路にこの女を救ってやる術はない。ただ、消滅する様を見守るだけだ。

「消えな。安らかになんて言わねえよ。けど、アンタはもう『存在しない』んだ。消滅した後にまで苦しむ理由もねェだろう」

その痛みも、苦しみも、憎しみも。もう誰も感じる者のいない幻肢痛だ。

怜路はそっと、鏡を布に包んだ。


狩野怜路は個人営業の事業主である。

職業は「拝み屋」。服装自由。勤務時間、休日気まま。ただし、雇用保険も厚生年金もない。国保くらいは一応入っている。

仕事で会った人間に『自由で良いですね』と言われることは珍しくない。軽い冗談の時もあれば、明らかな侮蔑を含む時もある。怜路は『まあ、おかげさまで呑気にやってるさ』と返す。相手の眼にちらつくのは侮蔑や嫉妬羨望と、僅かな憎しみだ。

人は、自分を呪縛するモノから自由な相手を不思議と憎む。「耐える自分」を嘲笑われているような心もちでもするのだろう。

布団の上に寝転がり、パソコンからオンラインバンクの残高確認をする。昼間、不動産屋の社長から報酬振り込みの連絡があった。

「おー、入ってる入ってる」

金額はあらかじめ約束してあったとおりだ。日数、経費等きちんと計算して請求しているため揉める心配もない。さて寝るか、とパソコンの電源を落とした頃合いを見計らったように、裏の戸板を叩く音が響いた。

「クッソ、今日こそは出ねえぞ……」

なまじっか、相手にするから喜ばれるのだ。本来、無視が一番である。

決意と共に明かりを消し、怜路は布団にくるまった。おおい、おおい、と今度は人の声真似をしている。腹立たしいことこの上ない。我慢、我慢と目を閉じる怜路の耳に、けらけら笑う声が届いた。

『やあい、やあい、天狗の仔。人の世はつれなく寂しかろう。遊んでやるから出てこぉい』

ばん！　と怜路は畳を叩いた。そのまま布団を蹴散らして立ち上がる。錫杖を引っ掴んで、力任せに引き戸を開ける。夜闇に激しく、戸板のぶつかりあう音が響いた。

「くそったれ！　今日こそは滅してやらァ!!　出て来い!!」

盛大に啖呵《たんか》を切りながら心の隅で思う。いっそ、何か深夜勤務のアルバイトでもするか。そうすればもののけども襲来時間も避けられるし、もう少し他人と接点ができる。もののけの言葉に逆上したのは、最近会話した相手の少なさに多少滅入っていたからだ。

怜路の怒鳴り声に喜ぶもののけどもは、闇の中から出て来る気配を見せない。

「オイコラ、遊んでくれんじゃねーのかよ？」

凶悪に笑んで、怜路は緑銀の眼を光らせた。錫杖を構えて気を練る。

音なき爆発に、叩き起こされた寝惚けカラスが、一斉にカァカァと山の上を舞った。

美郷過去番外編　ノーマル・ライフ

ピカピカの大学一年生、宮澤美郷にはささやかな野望があった。

それは「ごく普通の学生生活」。ちょっと痛々しいが、彼当人は大真面目だ。適度な勉強とアルバイトやサークル活動。彼女もできれば申し分ない。野望に掲げるのは結局、今までが「普通」と無縁だったということで、女子と楽しくお喋りした記憶も大してない。よって――、

「宮澤君って、なんか可愛いよね。小動物みたい」

と明るい笑顔を見せられると、それだけでどぎまぎしてしまう。俯いて、伸び過ぎた前髪を触りながら、美郷は己の耐性のなさに溜息を吐いた。髪、切らなきゃなあ。などと現実逃避にしょうもないことを考える。

海辺の強風に、屈託なく笑う彼女の帽子が揺れる。

「そ、そうかな……」

極力顔は上げず、美郷はへらりと笑った。ぼそぼそ喋った言葉はきっと、響き渡る海鳴

りにかき消されただろう。

抜けるような快晴の下、太平洋の荒波が岩壁に砕け、横殴りの風が美郷の安っぽい綿シャツの裾をはためかせる。遠く天地を分ける水平線は鮮やかに、深淵の色をした海からは白波が押し寄せていた。

「あたし、先に行くね」

美郷の態度を気にするそぶりもなく、彼女がそう言ってひらりと手を振った。断崖絶壁の上をたなびく青草の向こうに、その小柄な背中が遠のいていく。

意識しても無駄だ。美郷と知り合った時には既に、彼女の視線の先には別の男子がいた。

美郷とは真逆の相手だ。

（……止めよう、もうおれにそんな『力』なんてないんだ。関わらない方がいい）

遠く光る淡色のポロシャツに、不意に黒く翳が揺れる。雲ひとつない夏空の下、辺りに影を落とすものはない。

美郷は無言で目を細めた。

「この詩碑の前に、三時間後に集合だ。遅刻した奴は置いて帰る！　以上解散！」

和歌の舞台として有名な景勝地に「史跡研究同好会」の部長・池谷《いけたに》の太い号令が響く。

男女合わせて七名の部員たちは、三々五々にいらえを返して歩き始めた。

といって、行く先など多くはない。傍らの小さな記念館か、崖下にある洞窟か。女子三人が記念館、男子四人が崖下を目指す後ろで、美郷はひとり記念館へと足を向けた。この手の資料館が好きなのと、崖に近寄りたくないからだ。

（あの洞窟、蛭子神社があるんだよなぁ。やっぱ止めた方が——でも何か起きると決まったワケじゃないし、池谷がいるなら大丈夫かな……なんか色々疑われてたから、もうこれ以上目立ちたくないし）

足を止めて悩む美郷を、ふいに副部長の相葉《あいば》が振り返った。隣の池谷に何か告げる。美郷を見遣った池谷が、心底呆れたような、つまらない顔をした。

『なんだ、またあのビビりか』

口の動きがそう言った。それを宥めた様子の相葉が向かって来る。

目が合った。

美郷は逃げるように、慌てて記念館へと足を向ける。館内に飛び込んだ美郷は、ほっと息を吐いた。「ビビり」を笑い飛ばす池谷よりも、相葉の方が苦手だ。

『——ねえ、恵子《けいこ》。宮澤君となに話してたの？』

気分を切り替え、展示品をじっくり見ていた美郷の耳に、突然己の名が飛び込んできた。展示品を連ねた曲がり角の奥から、先を歩いていた女子三人の話し声が響く。

「何って、別に……」

美郷を可愛いと言った彼女、比阪《ひさか》恵子が困惑した声を上げた。

「告白された？」

きゃっきゃと他の二人が囃す。美郷はその場に凍り付いた。

「違うって。宮澤君が『危険予知』してたから、ちょっと」

「えー、またかぁ……じゃあ崖の方ヤバくない？」

「でも宮澤君って、絶対恵子のこと好きだよねー。いっつも見てるし」

「けどあんまり顔見て話さないしね。めっちゃ意識してるって」

居たたまれない話題に、思わず顔を覆った。我ながら、間が悪すぎる。

「恵子的には宮澤君、あり？」

もう勘弁してください。心の底から願った。

「あっ、ううん……私は——」

躊躇いがちの返答は、予想済みのものだ。それが嬉しいはずもない。項垂れる美郷のポケットから、無慈悲にスマホの着信音が鳴り響いた。

池谷が見当たらない。相葉からの報せに美郷は唇を噛んだ。着信音で立ち聞きがばれたが、それどころではない。たまらず美郷は記念館を飛び出す。視界の端に、一際蒼褪めた恵子が映った。ただのサークル仲間を案じる表情ではない。

危険予知の正体は、いわゆる霊感だ。美郷は幼い頃から呪術を習い、周囲とは別世界に生きてきた。身内に呪詛を喰らって力の大半を失い、大学進学を機に「普通」に生きると決めた今でも「視える」のは変わらない。

そのことから目を逸らし続けて、ようやっと三か月が経つ。

（あの池谷が捕まるなんて。馬鹿なこと気にせずに止めてれば……サークルは辞めればいいんだし）

史跡同好会の行き先には、妙に怪異がつきまとう。美郷はそれを察知するたび、霊感は伏せて警告を出してきた。結果、何とか大事は避けつつも、池谷に付けられたあだ名がビビリ君だ。相葉や恵子をはじめ他の部員たちは、そろそろ美郷が「特殊」だと気付き始めている。

崖下へと遊歩道を駆け下りながら池谷の気配を探る。途中、脇道を見つけた美郷は立入禁止の柵を越え、強風に煽られながら足元の悪い道を進んだ。転べば海まで真っ逆さまな崖の半ば、転落防止柵は古びて心許《こころもと》ない。正気ならば間違っても足を向けない場所だ。

「池谷！」

大きくせり出す岩を回った向こうに、覚束ない足取りの背中が見えた。その両足に、黒いモノがいくつも巻き付いている。人の手にも、長い髪にも、海藻にも見える何かだ。強烈な磯の臭いが鼻をつく。美郷はひとつ呼吸を整えた。

「神火清明、神水清明、神風清明、急々如律令！」

人差指と中指を立てた刀印で、黒い触手を切り払う。ソレが驚いたように退くのと、池谷が足を滑らせるのはほぼ同時だった。

「池谷!!」

美郷は慌てて走り寄る。遊歩道を踏み外した池谷が正気に戻り、滑落寸前で雑草を掴んだ。しかし、触手は再び腕を伸ばしている。今の美郷に、ソレを祓う力はない。

「宮澤!?　──俺は何を」

混乱している池谷を引き上げようと、美郷は池谷の手首を掴む。

「上がって！」

腰を落として美郷は池谷を引っ張るが、池谷が這い上がって来る気配はない。

「くそっ、足が……」

池谷の表情が悔しげに歪む。黒い触手に巻き取られて動かないのだ。美郷も、両手が塞がっている。何とか触手を追い払う方法を探して、美郷は「池谷本人」を使う方法に思い至った。だがそれをするには、きっと美郷は池谷に罵られなければならない。

仕方がない、と諦めて意を決し、美郷は息を吸い込んだ。

「池谷の足、黒い触手が絡み付いてる！　悪霊が海に引きずり込もうとしてるんだっ」

池谷の顔が強張り、美郷の手を掴んだ握力が増す。

「馬鹿らしい……そんなモノは！　存在、せん!!」

怒気が膨れ上がり、放散された。たじろぐように黒い触手が散る。

自由を取り戻し、一気に崖を這い上がった池谷が、嫌悪を露わに美郷を振り払う。バランスを崩した美郷は尻餅をついた。

池谷はオカルトが大嫌いだ。そして霊感が全くない。更には、多少の霊障は弾き返してしまう、天然バリア人間でもあった。他の部員が勘ぐる美郷の「危険予知」を、池谷だけが「ビビリ」の一言で切り捨てる理由はこれだ。

「帰るぞ！」

何事もなかったように池谷が去って行くのを、美郷は座り込んだまま見送った。相変わらず、気持ちが良いほどの全否定である。

「元気だなぁ」

ひとつ苦笑いをこぼして、美郷はよっこらせと立ち上がった。

一人で道を引き返す美郷の前に、小柄な影が現れた。

「比阪さん」

驚く美郷にばつの悪げな笑みを返し、恵子が俯く。

「ごめん、私が『呼んじゃった』みたい。海はやっぱ怖いね」

「――自覚、あったんだ」

ぽろりと本音がこぼれ、美郷は慌てて口を覆う。恵子が帽子の下で苦笑を深めた。

引き寄せ体質とでも言うのか。恵子は池谷とは逆で、頻繁に視えないモノを呼び込む。因縁のある史跡もだが、海――特に蛭子神社を祀っているような漂着物の多い場所は、いわゆるパワースポットである反面、まずいモノも出やすい。

「うん。私は視えないんだけど……宮澤君は、視えてるよね？」

今更否定する意味もない。素直に頷けば、やっぱりと恵子が呟いた。逡巡《しゅんじゅん》するように両手を握り合わせ、更に俯いて恵子が言葉を絞り出す。

「――私ね、宮澤君と池谷君のこと、利用してた。サークルに誘われた時、池谷君が『弾く』人なんだって気が付いて。彼と一緒なら、色んな場所に行けるかもって。それから宮澤君が入って――」

ここなら、私も「普通」に旅行できるかもって。

ゆっくりと蒼穹《そうきゅう》を見上げた恵子の言葉が、風に攫われてゆく。きっと時代と場所次第では、神女として崇《あが》められただろう。だがその体質は、彼女の行動範囲を酷く制限する。

眩しそうに海を見遣り、無理に作った明るい声で恵子が続けた。

「でも、やっぱ駄目だよね！　宮澤君にも凄い気を遣わせて、池谷君もとうとう巻き込んじゃって」

いつか周囲を危険に晒すと知りながら、黙って同好会に入っていたことは褒められた話ではない。だが、彼女は一体、誰に何と言って相談すれば良かったのか。

（おれだって、隠してたわけだし）

自分が霊感持ちなのを隠していなければ、彼女は相談してきてくれたのだろうか。

「対処法とか、知ってる人は？」

美郷の問いに恵子が弱く首を振る。周囲に理解者がいなかったのなら、相当苦しい思いもしたはずだ。「普通」という単語が、なおさら重く響いた。

「血筋とかよく知らないんだけど、家族にも私みたいな体質はいなくて……ネットで調べたおまじない程度じゃ全然ダメだったし」

いまどき、「本物の能力者」を一般人が見つけ出すのは至難だ。身近に知識のある人間がいなければ、相当運が良くなければ適切な対処法には巡り合わない。

その点、美郷は違った。知識と対処法と、訓練。持って生まれた力を制御し役立てるための術を、叩き込まれて育った。お家騒動のゴタゴタに嫌気が差して逃げ出してきたが、思えば鍛錬自体が嫌いだったわけではない。

（おれ、なにやってるんだろ……）

今更思う。望んで、選んだ「普通」だ。だが培ったものを捨てて手に入れた、お望み通りの「凡人」では恵子に何もしてやれない。

「大丈夫、変に出歩かなければ迷惑もかけないから」

寂しそうに微笑んで、恵子が踵を返す。

何か他人にないものを持っていることと、他人が持っているものを持たないことは、全く逆のようで実は近い。突出したものを持つことで犠牲になる「普通」と、折り合いを付けられなかったのは美郷も同じだ。

普通でないことの値打ちを受け入れろ。他人が言うのは簡単で、当事者には難しいことだ。恵子のように、それに苦しめられているなら尚《なお》のこと。

崖下に、再びざわめく気配を感じる。連中は必ずしも、恵子に悪意を持っているわけではない。――だからといって、恵子の人生にプラスになるわけでもない。

（じゃあ、おれは……？）

本当の本当に、「普通」を望んだのだろうか。

心底この世界に関わりたくなければ、さっさとサークルを辞めてしまえば良かったのだ。

大学も小さくはない。似たようなサークルを探す選択肢もあった。

（使命感なんて、ご大層なもんじゃない）

しばらく迷い、美郷は意を決して彼女の背中に呼びかけた。

「待って！　ええと……すぐには無理なんだけど、その——」

こりごりだ、と思って捨てた世界だ。再び手を伸ばすのは怖い。だが、何かを捨てて「普通」になった自分は、無力だった。無力なままで良いのか。本当は、何かができるかもしれないのに。

足を止めた恵子が、不思議そうに振り返る。

「おれが、何とかするよ」

きょとんとした様子の恵子を真っ直ぐ見つめ、決意を持って言い切る。

「比阪さんが海でも山でも自由に行けるように、方法を考えるから」

緊張でこわばる拳を握る。退路は断った。

「宮澤君？」

恵子が目を丸くする。半信半疑の表情に、美郷はぎこちなく、それでも強く頷いた。

「おれ、視えるだけじゃないんだ。本当はずっと、あんな連中に対処する術を習ってた」

「……でも、宮澤君ももう、関わりたくなかったんでしょ？」

美郷が力を隠したがっていたのは、同じような立場の恵子も察していたようだ。

「うん。だけど——比阪さんの、役に立ちたいんだ」

オクテな美郷にとっては、緊張する一言だった。

一瞬間を置いて、くすっと恵子が笑う。

「ごめん、訂正するね。宮澤君、かっこいい」

（あっ、これ本気にされてないな）

一気に脱力して、美郷は苦笑いを返す。くるりと向けられた背中が続けた。

「――ありがと。待ってるから」

少し恥ずかしそうな言葉を置いて、恵子が小走りに消える。その背を美郷は眩しく見送った。


美郷はサークルを辞めた。

鈍った勘や落ちた力を取り戻して解決策を探し出すには、部活や恋活に割く時間はない。たった三か月の「普通の学生生活」を美郷は思い返す。

それなりに充実した、楽しい日々だった。同じくらい、何か物足りない日々でもあった。

結局また帰ってきてしまった。漏れる溜息には何故か笑みが交じる。

宮澤美郷の『普通』は、この能力と共にあるのだ。

あとがき

このたびは『陰陽師と天狗眼－巴市役所もののけトラブル係－』をお手に取って頂きまして、ありがとうございます。歌峰由子と申します。

この作品は『巴市の日々』としてオンライン連載しておりましたものを、書籍化にあたり改題したものです。オンライン版のテイストはそのままに、さらに「らしさ」が出るよう改稿をいたしました。オンライン版を既読の方にも、楽しんで頂けるものになったと思っております。

さて、このお話の舞台となっております巴市のモデルは、私の出身地でもあります広島県三次《みよし》市というところです。昨年、もののけミュージアムがオープンしたということで、そのジャンルが好きな方はご存知かもしれません。有名な怪談が残っております。

今回は全くその有名怪談には触れず（ごめんなさい）、ご当地ものらしい名産も名所も出てきません。ですが、実際に暮らしながら心にスケッチしてきた、大好きな風景をふんだんに描写しております。それらが皆様にとって、現実の世界とは全く違う異郷であっても、懐かしい故郷にそっくりであっても、今住む街に似ていても嬉しいなと思います。

本作をこうして書籍として刊行するにあたっては、多くの方のご支援を頂いております。美しい装画を描いてくださったカズキヨネ様。素敵な装丁をデザインしてくださった大岡様。そして、右も左もわからぬ私に、辛抱強くお付き合いくださった担当編集者の尾中様。そのほか、本作の刊行にあたりご尽力頂いた皆様。コロナの流行などで大変な状況のなか、本当にありがとうございます。この場をお借りしてお礼を申し上げます。

また、オンライン・同人誌版から応援してくださった皆様にも感謝申し上げます。Ｉ様、服部様、森村様、灯宮様。とりわけ、Ｉ様と服部様には、オンライン連載中も伴走して頂いたり、書籍化に際しては盛り上げて頂いたりと、大変お世話になりました。その他にも多くの方に読んで頂き、感想などを頂いたおかげでここまで辿り着きました。ありがとうございます。

そして、中高生だった頃の娘に『日本呪術大全』（原書房刊）を突然プレゼントしてくださった母上。本作最大の参考資料となりました（笑）。ありがとうございます。

最後に、この本をお手に取って頂いた皆様。ありがとうございます。少しでも楽しんで頂けて、もしも読んだ後にちょっとだけ元気になって頂けたらそれ以上はありません。この本との出会いが、皆様にとって良いご縁でありますことをお祈りいたしまして、あとがきと代えさせて頂きます。

２０２０年７月吉日　歌峰由子

ことのは文庫

陰陽師《おんみょうじ》と天狗眼《てんぐがん》
—巴市役所《ともえしやくしょ》もののけトラブル係《がかり》—

2020年8月28日 初版発行
2023年7月15日 第5刷発行

著者 歌峰由子《うたみねよしこ》
発行人 武内静夫
編集 尾中麻由果
印刷所 株式会社広済堂ネクスト
発行 株式会社マイクロマガジン社
URL:https://micromagazine.co.jp/
〒104-0041
東京都中央区新富1-3-7 ヨドコウビル
TEL.03-3206-1641 FAX.03-3551-1208(販売部)
TEL.03-3551-9563 FAX.03-3551-9565(編集部)

ISBN978-4-86716-043-5 C0193